幸福の鍵478

運命をたのしむ

まえがき

これは、読書のために時間をたくさん割《さ》けない方たちの案内書というべきだろうか。しかし、案内書だからと言って軽く書いたものではない。これはすべて「原作」の断片である。

読書の本質は、筋を追う時間つぶしだけではなく、人間にだけ可能な思考というものを可能にすることにあるだろう。内容に反対でも賛成でもどちらでもいいのだ。そのような思考する行為自体が自分の発見なのである。

この世が魅力的で楽しくなるのは、すべての人が個性的である時だ。人生は、完全に二つと同じものがないのである。一卵性双生児は生理学的には同じ遺伝子を受け継ぐが、それでも個人として育てば、別々の世界を観て、別々の感じを持ち、別々の運命を歩く。

私たちは人と違うことを恐れてはならず、恥と思ってはならない。それはお得意になるべきことでもなく、引け目に思うことでもない。私たちは個性の違う人の存在をいとおしみ、この世がおもしろいのは、性格も才能も好みも違う人たちの存在のおかげだということを深く認識するべきだろう。

その違いを創る要素を、私は、やや古風に運命と言うことにしている。運命は避け難《がた》い。避け難いものは、呪《のろ》ったり、忌避《きひ》したり、それによって傷ついたりする代わりに、それを自分だけに与えられた「至上命令」として受け入れることが可能になれば、最高の贈り物になるのである。

二〇〇一年春

曽野《その》 綾子《あやこ》

運命をたのしむ　幸福の鍵478

目次

運命を受け入れる時、人は運命を超える 59

愛することは生きること 105

神の束縛は人間を自由にする

人間の原点を問う

人生を成功させるとは

悲しくて明るいところ

1 人生の限度を自ら知って自分らしく生きるという知恵は、学問にも知性にも権勢にも財力にもほとんど関係がない。しかしそれほど端正な姿勢はない。「流行としての世紀末」

2 「私ね、このごろ思うんだけど、愚かさでも、執念でも、誠実でも、悪意でも、何でもいいから、できるだけ濃厚にやり遂げることなのね。そうすれば死ぬ時、納得がいくような気がする。はた目を気にして、自分のしたいことをしないでいると、死ぬ時、誰かを恨みそうな気がするの」
「そうですね。私も子供の頃の生活を恨んでいました。だからそれを持ち越すと、一生陰惨な思いでいることになるでしょう？　私、それがいやだったんです。ですから、その場その場で一番したいと思うことをすることにしたんです」

「燃えさかる薪」

3 人生の一時期、人間は計算を離れて、愚かなことをすればいいのだ。

「近ごろ好きな言葉」

4 私を含めてほとんどの人は、「ささやかな人生」を生きる。その凡庸さの偉大な意味を見つけられるかどうかが芸術でもあり、人生を成功させられるかどうかの分かれ目なのだ。

「神さま、それをお望みですか」

5 私の記憶にある限り、私は現世を幸福な場所だと思ったことがなかった。それは「空気のような、何気ない悲しみ」に満ちている所だった。ただし私の悲しみは決して劇的ではなかった。しかもそこは私にとって決して暗黒に閉ざされている空間でもなかった。どんなに絶望的な時代でも、私には明るさが与えられていた。
そのことを――私はどれほど感謝しているかしれない。だから私の生きて来た所は「悲しくて明るい場所」だったのである。

「悲しくて明るい場所」

6 人よりでしゃばらないこと、功績を人に譲ることができること、黙っていること、密かに善行をなすこと、自分の持っているものを見せびらかさないこと、などは、すべて力のない人にはできない行為なのである。そしてそれらのことが気品とか品位とかの本質になっている、と私は思う。

「悲しくて明るい場所」

7 人がするからいい、のではないのである。人がしてもしないし、人がしなくてもする、というのが勇気であり品位である、と私は教えられた。しかしそういう教育をしてくれる人に出会うことはめったになくなった。

「悲しくて明るい場所」

歴史と、私の想像力は、ごく自然に、自分がいかに卑怯《ひきょう》に振る舞うかを示唆《しさ》している。卑怯でない人も、世間にはいるのだろうが、それはごく例外で、突出した存在なのである。自分も相手も傷つかないで解決できる程度の紛争なら、それは明らかに戦争ではないし、もしかすると紛争とさえいえないのではないかと思う。

それなのに、「お互いに平和を願えば平和になる」などという安易な考え方に、どうして安心していられるのだろう。

人間は途方もなく弱く卑怯である。しかし時には、アンデスで子供を失った医師のように、人間ばなれした崇高《すうこう》さを持つこともある。ただそのいずれの場合も、深い深い傷を負い、命の犠牲を代償にしている。

まともに見られないほどの卑怯さと、息を飲むほどの崇高さと、その双方を共に人間の中に信じることこそ、最大のドラマであり、私にとっては現世での最大の感動だったような気がする。

その二つの極限の絶望と希望との双方を見せてくれたものが、信仰と戦争の二つであった。その二つは共に私の人生の師であった。私はその二つに深く感謝しているのである。

9　旅行は必ず危険が伴う。旅行だけではない。総《すべ》てのものは、出費、労力、疲労、時間の消費、心労などの代価を必要とする、危険もまたその代価の一つである。代価を払わない人は何一つ手に入れることができない。それが高いものか安いものかを判断するのは、その当人以外にない。

だから、危険の要素のない生活をしろ、というのは、ほんとうの意味で生きるな、というに等しい、と私は思っている。

「夜明けの新聞の匂い」

10　私が初めて東南アジアに出たのは、二十五歳の時のことで、それが私の東南アジアに溺《おぼ》れるスタート点になった。

それだけでなく、爾来《じらい》、私の中には、いかに日本は外国と違うかという一種の恐怖や、人間にとって生きるに値する生涯というものは、もしかすると苦難と生命の危険を伴うものなのだという一種の「危険思想」や、主観的幸福はあっても客観的幸福というものは幻影しかない、という思いだのが、まるでできの悪いおじやのように、ごちゃまぜになってそれでも醱酵し続けていたのである。

「神さま、それをお望みですか」

11 僕は山の見える所が好きだったんです。寒さも雪も厳しいんですけど、厳しさがないところでは、人間は健全な心を保てないような気もしていました。厳しいと、人間にはむしろ生きる気力が湧くんです。

「ブリューゲルの家族」

12 私は生きている間だけ、どうにか暮らせればいいのです。正直言って、私は日本の未来にも地球の運命にも大して関心ありません。もし地球でも、人間でも、生き延びるものなら、かなり放っておいても、運命は生きる方に向かうでしょうし、だめなものならどうしてもだめなのではないか、と思います。それに、こんなことを大きな声では言えませんが、私は利己主義者ですから、自分の死んだ後のことなんかどうなったって平気なのです。円《まどか》の行く末だってほんとうは大して気にしていません。

「ブリューゲルの家族」

13 「もう若くはないんですけど」
「それなら、最後のチャンスでしょう。どんなことでもいいんだ。心に深く残るような生き方をすればいいんだ。そうすれば、あなたの生涯は決して失敗じゃない」

「極北の光」

14 聖人の遺骸《いがい》や聖遺物は、確かに偽物《にせもの》であり迷信であったろう。しかし、それを信じ、それによって何らかの人生の改変を夢みた人々の思いと行動は真実であった。そのようなからくりはいつの時代にも行われている。虚妄《きょもう》が真実を生み、現実が幻想を生む。私たちのグループの巡礼者の中でも、一人の車椅子の婦人が日に日にしっかりと歩くようになり、数人が私に自信を取り戻した、と囁《ささや》いてくれる。
かつて巡礼たちは、カスティーリアの、レオンの、あるいはガリシアの、なだらかな丘の上に立ってほとんど足元に近い所まで星の降るのを眺めたに違いない。サンチャゴは聖ヤコブのことだとしても、コンポステラは「星の野《カンプス・ステラエ》」か「墓地《コンポトシウム》」のいずれかから来たものか。どちらにしても、それは、私が幼い時から修道女たちに教わった第一歩にして最後の真実「人生は旅に過ぎません」という言葉とぴったり一致している。降る星のはかなさと、墓地の永遠との間に位置してこそ、人間はむしろ人間になり得るのかも知れない。

「狸の幸福」

15 「今日、答えを出さなくて、いいのよ。答えを引き延ばす、っていうことだって偉大な知恵なんだから。私なんか長い間、その手でどうやらその場しのぎをやってきたんだわ」

「そうですね。ある朝、突然、ものの見方が変わっている、ってことはありますね」

「飼猫ボタ子の生活と意見」

16 人は誰でも自分の生き方を自分で選ぶ他はなかった。もっともそれでも運というもの

がある。めちゃくちゃな生き方をしても、どうにか生きて行く人もあり、用心に用心を重ねていても、嘘のような事故に遭《あ》う人もいる。だから早苗も自分が生きたいように生きればいいのだ。その結果起きることを、人のせいにしなければいいのだ。でも今では、何でも人のせいにする人が多すぎる。旅館が悪い、病院が悪い、市のやり方が悪い、の連続だ。

いつから、とはっきり言うことはできないけれど、光子自身、もうずっと前から、最後の計算を放棄することにしている。人間の生涯には、計算外の部分がある。

善人がひどい目に遇い、悪人がのうのうと裁かれもせずはびこる部分が少しは残されていないと、子供を捨てた自分など、どれほどひどい裁きを受けなければならないか、わからない、と言うものだ。もちろん人間は、悪人がいい思いをしたら大いに不服を唱え、善人が不幸になったら、正義を掲げて叫べばいいのだ。しかしそこにいささかの計算のずれがないと――この世は多分幼稚になってしまう。

「極北の光」

17 人間にとって何がいいかというと、基本的には「前の通り」が一番なのだ。

「極北の光」

18

この世は私にとって、常にてっていして悲しい場所であった。どこを見ても、別離、病苦、裏切り、事故、などのおかげで、苦しい生を生きている人ばかりが目についた。幸福は長く続かず、不幸は安定していた。

しかし生きるに値しない場所だと心底思ったおかげで、輝くような見事な人の心にも触れた。濃厚な人生のドラマも見せてもらった。どんな悲しみの中にも、まるでそれを裏切るように薄日がさすにも似た生命力の漲《みなぎ》る日々があることも知った。

人生とは、多分そういう所なのだろう。それを呟《つぶや》いてはいけないのである。人生は悲しいけれど、明るい場所なのだから。

「悲しくて明るい場所」

ベターの幸福

19 私たちはどんなにしても、相手に幸福を与えることもありますが、不幸にさせることもあります。
人間が生きている限り、人に苦痛を与えるという事実は、致し方のないことです。

「ブリューゲルの家族」

20 私はキリスト教の信仰から、失ったものを数え上げずに、持っているものを大切に思うことを、子供の時から習慣づけられました。これだから宗教は麻薬だ、などと言われるのでしょうが、自分が持っているくだらないものを評価できるのは、一種の芸術だと思っています。これが私の足算の原理です。スタートを低い点におけば、すべてがそれより幸

運だったわけですから、どんどん足算ができるのです。それで、私は足算を愛好するようになりました。

しかしよくて当然、あって当然、もらって当然、うまく行って当然、と思っている人には、すべてが不服と不満の種になります。これが引算の論理です。

「近ごろ好きな言葉」

21 甘いものの好きな人が甘いものを口にすると楽しくなる、というのは、何という偉大なことでしょう。それほど純粋で安定した幸福などというものが、他にこの世にあるでしょうか。人の心だって、常にいつまで続くかどうかはわかりません。今自分に誠実にしてくれる人だって、もう明日、もっと大切な人ができれば、そちらのご機嫌を取るのです。しかし今口に含んで、おいしさを味わい、それを飲み下して完全にその幸せを自分のものにする、ということほど、完璧なことはありません。むしろ現世では、奇蹟に近いことではないかと思うのです。

「ブリューゲルの家族」

私は空腹に堪《た》えて座っていた。途中の売店でピスタチオの小さな袋を買ってもらって食べたが、それでもお腹をごまかすことにはならなかった。

ほんとうにおかしな状態であった。私はその夕方、ずっと、何時になったらご飯にありつけるかだけを考えて暮らしていた。私は未来に対する不安も、自殺をすることも考えなかった。私は比類なく健康な気分を久し振りに味わっていた。

地震で被害を受けた方には申しわけないし、私自身、怖がりだから災害などまっぴらなのだが、日本人にノイローゼが多いのは、普通の動物が味わうべき生存の危機に出会うことがめったにないからである。

災害でなくても、貧困さえも人間をノイローゼから救う面がある。もちろん心は別の歪《ゆが》み方をするだろうが、今日食べるパンや薯《いも》や米があるだけで、もう貧しい人たちは輝くような幸福の実感を手にできる。しかし日本人にとって、今日食べるものがある、などということは「当然の権利」であって幸福でも何でもない。人間、どうなっても、同じ量の幸福と不幸がついて廻るのかな、と私は最近思いかけているのである。

「流行としての世紀末」

23 世の中のことは総て、少し諦《あきら》め、思い詰めず、ちょっと見る角度を変えるだけで、光と風がどっと入って来るように思えることもある。

「悲しくて明るい場所」

24 川上はいつも、どんな考え方も拒否しなかった。いつも自然だった。幸福という顔はしていなかったが、安定のいい柔らかい表情だった。

布教はしないけれど、できれば修道士の日常生活の中で、どうしてそういう生き方ができるのだろう、と人に思わせることが目的なのだと言う。それはなかなかむずかしいことだ、と川上は言った。立派すぎると、自分を失ってむしろ虚栄を張ることになる。今の川上がしようとしていることは、いつも川上自身が明るくあること。相手を支持する心を失わないこと。不運と不幸の中に意味を見つけるすべを人といっしょに見つけて行くこと。この三点だけだったが、それさえもうまく行っているわけではない。

「極北の光」

25　笑うということは風穴を作ることである。つまり圧抜きだ。圧を抜きさえすれば、風船は破れないし、タンクも破裂しない。

私は畑をするようになってから、植物を育てるには、五つの要素が同じ重さで大切なことを体験として知った。肥料、水、太陽、土壌、風通しである。実際に畑をする前には、作物に風通しなどというものがそれほど必要だなどとは、まったく考えもしなかった。しかし残りの四つがすべて満足に与えられても、風通しが悪ければ植物にはたちまちのうちに虫がわく。そして精力を吸われて成長しなくなる。

「悲しくて明るい場所」

26　瞑想とか沈黙とかは、人間をその人らしくする。そこには一種の退屈があるからである。今のようにテレビ・ゲームや、お噂週刊誌で何時間も時間を「潰す」ことができたりすると、人間は退屈しない代わり、ものごとの本質に迫って考えるということをしなくなる。

「悲しくて明るい場所」

27 私は体と心を鍛えることに、人より以上に関心を持ち続けた。若い時だけではなく中年になってもやめなかった。それはなぜかというと、私は自分が人以上に弱いことを知っていて、戦争の動乱、飢餓、強制収容所の中の精神的な圧迫、天災などの時に必要以上に慌て、我を失い、人に迷惑をかけるだろう、ということにむしろ自信を持っていたからであった。体と心を鍛えることは、その被害を少しでも減らすことになるだろう。

　暑さ寒さに強くなること。清潔でも不潔でもいられること。何でも食べられること。大地に寝るのを嫌がらないこと。最低限の語学力を身につけて一人で旅ができること。人を見たら泥棒と思えること。自分をあまり厳密な道徳性で縛らないこと、などが私を今まで小さな危機から救ってくれた。

　私は外国を旅するのに、何度か賄賂も使った。知りつついささかの金も騙《だま》された。そういう時、騙す人を責めなかった。自分が草臥《くたび》れている時には、ズルをして仕事をさぼり、他人にひどい作業をさせた。そのような自覚が、時には安全のための費用に思え、自分の存在の毒をもっとひどく他人に与えないための歯止めになるようにも思えた。

　それが正しいというのではない。しかし人生は決して完全な形で生きているのではない。常に「ベターな形と思われるもの」で生きるほかはないのだと思うと、私は自分に甘くなった。
そして自分にいい加減になると、やっと私は他人のことも厳しく見なくなるような気がした。

「悲しくて明るい場所」

28 亜季子は、心底から自分がフェミニスト（男女同権論者）だと意識しているから、女も男と同じで、他人の悪意のある言葉など平気で無視できるのが好きだった。傍《はた》からみて、他人の生き方や快楽の形をどうこう言うことはないのだ。また言われたからといって、怒ったり動揺したりすることもないのだ。快楽は自分が所有し、自分が支配する分野なのだから、他人の立ち入る余裕はない。

「燃えさかる薪」

29 ハンドバッグでさえも、私たちはお金を払って手に入れるのだ。自由も水も空気も、ただではない。それなりの代償を払って得るのである。自由の代償は、お金だけでは済まない。悪評、孤立無援の思い、危険、誤解を受ける恐れ、を覚悟しなければならない時もある。それを払って自由を手に入れるか、あくまで人の評判を気にして自由を諦めるかの選択は、まったく個人の自由に任されている。

「悲しくて明るい場所」

30 「お母さん、そんなこと言ってる場合じゃないよ。ここはほんとにろくでもないとこなんだよ。緑はないしさあ。悲しいことは多いし、自由は自由なんだけど、皆、糸の切れた凧《たこ》みたいになってるし」

「それこそ、すばらしいものじゃないの。自由だから不安なんだわ。自由を得たいと思うなら、何かを代わりに差しださなきゃいけないんだから」

「極北の光」

31 西部劇で、悪漢が村へ入って来た時どうするか、というのは、大きな問題である。私は一人銃を取って立ち向かう、と言い切れれば体裁がいいのだが、私は昔から相手を見てものを考えることにしているのだ。

もし悪漢がすばらしい銃の遣い手でこちらが撃たれることが必定だったら、私は抵抗を諦めて、酒場の裏口に繋《つな》いであった馬に飛び乗って、一目散に逃げることにする。

しかしまだ悪漢が村へ入って来ないうちから逃げ出すことばかり考える風潮は――戦後の日本が、人間の魂の香気を支える一つの力としての「勇気」を悪いものにしてまったく教えなかったからなのだろうが――やはり人間として恥ずかしいと考えることにしている。

「近ごろ好きな言葉」

不幸も私有財産である

32　不幸を決して社会のせいにしてはいけない、と私は思い続けて来た。不幸はれっきとした私有財産であった。だからそれをしっかりしまいこんでおくと、いつかそれが思わぬ力を発揮することがある。しかし社会が悪いからこうなった、という形で不幸の原因を社会に還元すると、それはまったく個人の力を発揮しないのである。

「神さま、それをお望みですか」

33　人間の世界には、人間が耐えられないような苦悩なんてないんだと思うんだ。必ず耐えられるような仕組みができてるか、耐えられなければ、死ぬようにできてるんだ。

「燃えさかる薪」

34 「こっちが辛いだろうと思うことはそれほどじゃないことが多いんだな。その代わり、こちらが何でもないじゃないか、と思うことがその人には辛いものなんだ」
「じゃ、あまり同情することはないわね」
「そういう場合もあるし、苦しみは所詮《しょせん》人にはわからないから、一人で耐えなければならない、ということも言える。皆その部分を耐えてるんだよ」

「燃えさかる薪」

35 もしかすると、人間に苦しみがなければ徳のある人にはならないのかもしれない。

「近ごろ好きな言葉」

36 自己弁護になるけれど、徳というものは忙しい暮らしの中では育たないものなのかもしれない。配慮をし、命じて人に何かをさせることはできる。秘書に見舞いの食べ物を届けさせたり、妻に命じていささかのお金を送ったりする人は、日本にもたくさんいるのである。しかしこの姉妹のように病人の枕元に長く座って話をする、という誠実を示すことはできない。人は少し貧しく、少し閑《ひま》であることが必要なのだろうか。そうでなければ、どのような優しさも示すことができない。日本人は誰もが時間的に忙しいので、私はこの手の基本的な優しさを見ることがめったにないのである。忙しさを誇るなどというのは、思い上がりもいいところなのである。

「近ごろ好きな言葉」

37 人間にはいささかの失敗もないということなどあり得ない。私たちは自分自身を疑い、人を疑い、銀行を疑い、他国の政府を疑い、国連を疑い、修道会を疑い、神父と修道女を疑い、現金で援助の金を受け取って持って行くという人を疑い、ほとんどあらゆるのを疑って用心したが、それでも百パーセントの安全を保証することはできなかった。

実に百パーセントものごとが善か悪かに傾くなどということは、現世ではあり得ないことなのであった。ただ失敗は修正し、繰り返さないように、原因を徹底して究明することである。たぶん私たちは、たまたまうまい運営ができた場合も信頼されるだろうが、失敗を隠さない場合も別の性質の（いささか苦笑いを含んだような）信頼なら得ることもできるのである。

「神さま、それをお望みですか」

38 小さい時、学校で、人からどんな仕打ちを受けても、ただその人が幸せになることを祈る、という「報復の形」を教わりました。私は根性が悪いから、すぐにそういうことができるとは言わないけれど、原則はそうすることに決めてはいるのです。これができたら……怖いわね。

こういう反応の仕方は、虚偽的だと言われそうだけど、考えてみれば、それ以外にいい解決の方法はないところが愉快ね。仮に、自分に嫌なことをした相手の不幸を祈って、それがその通りになったとしても、相手の不運を祈った自分のみじめさは残るばかりでしょう。それを思うと、憎しみの中にではなく、許しのうちに両者の存在する方法があるというのは、これまたおもしろいからくりです。

「親子、別あり」

39 そのうちに、少しことをさばくのがうまくなりました。大切なのは、優先順位を決めることなのよ。そして大切な順にやって行って、時間切れになったら、後はさらりと諦めるというだけのことです。

「親子、別あり」

40 すべてのことには意味がある。しかし人が一斉にあることを口にするような時には、すでにそこにいささかの流行と誇張の部分が発生したと見なして、私は自動的に用心することにしている。

「悪と不純の楽しさ」

41 人間には、記憶するよさもあれば、忘れるよさもある。忘れる、ということは、偉大な才能であり、神の恵みであり、場合によるが徳ですらある時がある。

「悪と不純の楽しさ」

42 くれぐれも不健康な日に答えを出さないようにね。それから激烈なことを考えた時にも、結論は数日待つことを覚えてください。そういう日に書いた原稿や手紙は、最低で三日間、できれば一週間寝かせておいて読み直して、まだその通りだと思えたら発表するようにするといいと思う。

「親子、別あり」

43 絶望することって、実に大事なんだけど、今の社会じゃ、それを許されてない面があるしね。希望を捨てるな、っていう前向きの姿勢に、僕たち、ずっと毒され続けてきたでしょう。

でも「諦める」ってことほど、なかなか味もあるし、使いようのあるいいものはないんですよ。諦めると、乱視の人が、いい眼鏡もらった時みたいに見通しがよくなるんだから。

「夢に殉ず　下」

44 人に冷たいこと、って大切なんだよ。あったかい人はいいみたいだけど、人を困らせるようなことを平気でする。我々は冷たさを充分に学ぶべきなんだけど、それが適度にできる人って少ないんだよ。

「夢に殉ず　上」

45　廻り道って、する時にはする必然があったのよ。

「燃えさかる薪」

46　最近、日本人は現世に人間の力ではどうしても解決できない問題があることを忘れてしまった。不幸の原因は、社会の不備から出るもので、それは政治力の貧困が主な理由だと考える。だからいつかは、その不備を克服できるはずだ、と思い上がりかけている。

エイズやダロア腫《おで》れ物《き》がいつからどうしてその存在を知られて来たのか、私は正確には知らないのだが、いつの時代にも、私たちは持って行きようのない不幸と不運というものの存在に直面するだろうと思う。

そうなったことが、誰の責任でもない、ということがあり、そのような不運を受ける人と受けない人との間にはまったくの偶然しかないことを悟る。

その不法を唯一克服するかもしれないのは、「いたむ」という思いだけだろう。もちろんそれだけで相手を救えるわけではないが、共に泣いてくれる相手を持つだけで、人間は孤独でなくなる。私はアフリカに行く度に、襟《えり》を正して帰って来る。

「流行としての世紀末」

魂の生を全《まっと》うするとは?

47 私の考える「成功した人生」は、次の二つのことによって可能である。一つは生きがいの発見であり、もう一つは自分以外の人間ではなかなか自分の代替えが利《き》かない、という人生でのささやかな地点を見つけることである。「二十一世紀への手紙」

48 私は自分の生が、さまざまな残酷の上に成り立っていることを自覚していることが大切なのだ、と思う。たとえば、日本の社会の機能的安全は、化石エネルギーを膨大に使うことによって成り立っている。

コンピューター社会の機能を常に順調に保つためには、安定した上質な電気が絶えず供給されることが条件なのだが、そういう贅沢は、地球上の他の国が、それだけのエネルギーを使うだけの力を持たないという冷酷な現実の上に立って、初めて可能なのである。もっとはっきり言えば、発展しない国があってこそ、初めて地球の資源は、日本人が望むほどこちらに廻って来るのである。そういう現実を、教育する者は、子供にきちんと教えなくてはならない。

「二十一世紀への手紙」

49　私は今、無農薬野菜を売るということほど簡単にできる詐欺はないと思っている。そう言うと必ずそうではない、という反論が来る。しかし今までのところそれはすべて感情論だけである。薬を完全に使わないで、しかも常識的な手のかけ方の範囲でできる方法を、具体的に教えてもらえれば、私もこういうことは言わなくなるだろう。それを示してくれる人は、今日までのところはなかったのである。

誰が薬など使いたいものだろう。薬剤の散布ということは、誰にとっても不愉快な上、金までかかる仕事である。できれば、そんなものは一切使わずにやりたい。しかし農薬も無機肥料もある程度使わなければ、日本人がすべて食べていけるだけの農産物はできないだろうと思う。ただ、大切なのは程度の問題である。酒も塩も砂糖も、量を過ぎれば毒である。すべての薬も有害なのだが、急場の症状をよくする。酸素そのものも酸化の原因で、酸化によって物質は古くもなり老化もするのだが、人間は酸素がなくては生きていけない。要は少量をうまく使えば、まことに人を幸せにする、ということである。

それに、私には一つの好みもあった。日本の人たちが、一斉に農薬のために癌《がん》で死んだり、奇形児が生まれて早死にするようになったというのなら、私も同じような運命に殉じたいのである。自分だけ高いお金を出して無農薬野菜を食べて生き延びようとは決して思わない。

この手の問題を論じる時も、理想論は現場を当惑させる。無農薬をいうなら、蝶々その他の虫を徹底して殺す作戦を取らねばならない。自然保護、動物愛護などと簡単に言っていては、日本の農業は潰れてしまう。

「バァバちゃんの土地」

50 「男はいやなら、育った家を捨てて出ていけるんだから。

それより持っているもので食べる、ということが気の毒なんだよ。皆羨《うらや》ましいって言うけど、僕はそうは思わないな。守りの姿勢で一生生きる、って大変なことだもの」

51 私は世間が、普通深くその人の性格と関係づけて考える「顔と筆跡」は、ほとんど当人の魂と無関係であると思っているのである。

「一枚の写真」

52 人生のほんとうの豪華さは、決して付き合う相手の社会的位置や、人間の生きる場の物質的なものに左右されるのではなく、魂の問題にのみかかっている。

「心に迫るパウロの言葉」

53 魂の充足ということは、物質の充足とはまったく別の問題だという認識が、私たちにはあるようでいて実はまだ充分ではないのである。

神に対して、造られたものとしての人間を考えれば、この世で私たちの身の回りに起きるすべてのことは、実はそれほどの意味を持たないのだ、ということも実感されるようになる。その意味で貧しさも富も、一過性のものである。私たちは死んだ後も金持ちなのではなく、貧しいのでもない。とすれば、少なくとも現代の日本では、私たちにほんの少し「耐えることができる」という健《すこ》やかさがあれば、物質的な状況はどちらに転んでも大したことはないのである。

「心に迫るパウロの言葉」

54 現代、大きく忘れられていることは倦怠の必要性である。

倦怠そのものは、個人を育てる上で極めて有効だと思う。倦怠がなければ、自分が何をしたいかを発見することもできない。深く根を張った自主性というものはそこから生まれて来る。

「二十一世紀への手紙」

苦しみも一つの恵みである

55 苦しみもまた、一つの恵みだ、という言葉は真実なのだが、これほど口にできにくいものもない。他人が苦しんでいる時に、はたでこう言ったら、これほど同情のないものはないし、自分が苦しんでいる側で、他人にそう言われたら腹が立つに決まっている。
それにも拘《かかわ》らず、それが真実であることが私には辛い。承認したくはないのだが、少なくとも、楽よりも苦が、平凡な人間を考え深くするという現実は、恐らく信仰のあるなしに拘らず認めざるを得ないであろう。非凡な人は、楽な時にも、常に暗い極限を見得るであろう。

「私を変えた聖書の言葉」

56 イエズスはこの世が、平和であるとはまったく保証しておられない。むしろ私たちの世界は十字架を背負っている状態なのだ、という。

恐らくこれは、人間の原罪や性悪説から出たものではなく、もし人間が自分に対しても充分に批判的であり、世の中に対しても偽りのない眼で眺めているのだったら、そこには平和どころか、むしろ十字架に象徴されるような、辛い苦しいことが山積しているのがわかる、ということだろう。いわば世の中の原型は「不備」であり「未完成」であって、聖人のような人ほどその度合を強く感じるのではないか、とある神父は教えて下さった。


「私を変えた聖書の言葉」

57 十字架は、文字通り、いやいやながら、背負わされるものである。そして人間なら、誰でも十字架を背負っているものと神は決めておられる。
多くの聖人たちの生涯は、「明るくもなく、安心に満ちてもいなかった」と教えて下さった神父もある。考えてみればその通りである。私たちよりはるかに厳しく暗澹《あんたん》とした闘いを、少しも逃げ腰にならずに続けた人々が、聖人であった。

彼らはただ、その行きつく先に真理を見ていたので、「苦しみを受けることをほとんど迷わなかった」だけなのであろう。

「私を変えた聖書の言葉」

58 絶望が人間に神を発見させ、まったく違った生き方を与えた例はいくらでもある。

「心に迫るパウロの言葉」

59 何がどうあろうとも、私たちの望まぬ試練が、私たちを強めるということは真実なのである。貧困、病気、戦争、飢え、裏切り、死別、精神的迫害、これらのものは、聖書にすべて登録済みであり、その願わしくない面と共に、それらの願わしくない面が試練として人間を強める場面も描いている。

もちろん、人々と弱い自分自身のために、私たちは、豊かさ、健康、平和、日々の食料、誠実、家族皆の長命、自由をこそ願い、そのために自然と努力をする。しかし、だからと言って、願わしくないもののほうがどちらかというと人間を強めるなどというのは嘘などと言ってもいけないのである。実に信仰というものは人間を複雑にするが、それだけ、信仰を持たぬ人より、重い葛藤《かっとう》や魂の課題をも与えられるのである。

「心に迫るパウロの言葉」

60 実は、逆境は、反面教師以上のすばらしいものである。しかし逆境を作為的に作るわけにはいかない。だから多少の不便や不遇が自然に発生した時に、私たちはそれを好機と思い、運命が与えてくれた贈り物と感謝し、むしろ最大限に利用することを考えるべきなのである。

「二十一世紀への手紙」

61 それは、アウシュヴィッツのあの悲惨な抑留生活の中で起こったことだという。どんな病気か雪子には正確にはわからないけれど「飢餓浮腫」と呼ばれる病状に苦しんだ病人がいた。収容所の中には、食料も薬も、彼を治癒《ちゆ》させてやる何の手段もなかった。しかし彼は、不思議とその恐るべき状態から抜け出した。

その理由を同じ囚人だった一人の精神科医が聞いた時、彼は答えた。

「それは、私がそのことに泣き抜いたからです」
その患者は、どこかから密かに食物を手に入れるようになったから、飢餓から来る浮腫が治ったのではなかった。ただ彼は、その苦しみを直視した。そのことについて泣くことを、恥ずかしく思いながら承認するようになった。本来、それは恥ずかしいことでさえなかったのだ。苦悩し尽くすという誠実が、救いの源泉になるからであった。

「天上の青」

62 人間は避けられなかった衝撃に遭《あ》うと、そのまま身と心をかがめて——丸めて、と言ったほうがいいかもしれないが——ひたすらそれに耐える。心の傷の治療には、麻薬はあっても薬はない。自然の治癒力《ちゆりよく》を待つほかはないのである。

「天上の青」

63 どんな悲しみの中でも、私たちには必ず喜びが用意されています。一時的にそれが見えなくなっている人もいますが、それでも神は用意されています。あるいはこう言った方がいいかもしれません。悲しみの中でこそ、私たちは喜びが残されていることを敏感に感じられるのです。

「聖書の中の友情論」

64―私たちは人生の不幸な状態にある人を、放置していいということではない。しかし、皮肉なことに、私たちは不幸にならなければ、人間が本来希求すべきものも望まない、という特性を持っているのである。これはひとえに、人間のイマジネーションの不足からくるものであろう。

「心に迫るパウロの言葉」

65―人間は希望に到達できそうだと思う時と同時に、何かを手にいれられない、と断念する時にも同じように人間になるのです。

「近ごろ好きな言葉」

66―ダウン症は遺伝病ではない。健全な親から、六〇〇人に一人くらいの割で突然出現する染色体異常である。四十歳以上の高齢出産では、五〇人に一人の割で出る。

この率は改変のしようがない。この頃、町の産婦人科の開業医では、月に八人くらいしかお産のない所も多いだろう。生まれる赤ちゃんは年に約一〇〇人である。六年間くらい健全な赤ちゃんが生まれ続けると、ドクターはそろそろいやな予感がする、という。

何も知らない六〇〇人の赤ちゃんのうちの一人の上に、その運命の星が落ちるのだ。それは一見不運に違いないのだが、それはその赤ちゃんが、他の子に代わってその運命を引き受けたことになる。だから私たちすべては、その子の存在に関して責任がある、と考えるべきなのだ。

しかしこの一見不運の星は、又不思議な力を与えるのである。ダウン症児の両親、きょうだい、一族、友人、近隣は、多くの場合その子によって人生を深く考えるようになる。この病気の子供が、大人たちを強固な人間に育てて行く。こんな不思議なからくりを、誰が予想しえただろう。

「大説でなく小説」

弱さは強さへの足がかりである

67――弱さを自覚する時に、初めて人間は、強くなる方法を見つけるのである。いわば弱さは、その人のれっきとした財産である。

「私の中の聖書」

68――私たちは弱くていいのである。しかし、神の概念を持つことによって、もしかすると、人間を超えたことをなし得る。

「私を変えた聖書の言葉」

69――人間は誰もが弱く、誰もがいい加減で、そして、その自覚が始まるところから、絶対者である神が見えてくる。

「ほんとうの話」

70 パウロ的に考えれば、人間の弱さは、強さへの足がかりであり、その弱さの背後にある差別など、むしろ万人に与えられた資産だということになるであろう。「ほんとうの話」

71 影を濃く描くことによって、画家は、光の強さを表す。

悪をはっきりと認識した時にのみ、私たちは、人間の極限までの可能性として偉大な善を考える。悪の陰影がないということは、同時に幼児性を意味している。私たちは、どれほどにも、成熟した人間にならなければならない。それには、清流の中にしか身をおかないのではなく、濁流に揉《も》まれることであり、自分の手はきれいだと思うことではなく、自分はいつも泥塗《どろまみ》れであると思うことであり、自分はいつも強いと自信を持つことではなく、自分の弱さを確認できる勇気を持つことである。

「二十一世紀への手紙」

72 だらしない人でもなかったのに、弱い人ですね。自分が原因でもないことの結果に対しては、まったく昂然《こうぜん》と顔をあげていらっしゃればいいのにと思います。そういう冷たさが人生にはいりますのに。

「天上の青」

73 緑というのは、水があるということですね。水があって穀物ができるところでは、他と自分が共に生きることが可能なわけです。あの人も生かし自分も生かし、水はあの人も飲み私も飲み植物にも与えということが可能なのです。けれども沙漠というのは、最後の水は誰が飲むかという問題に常にぶち当たるわけです。そうなると、これは強い者が飲む。原則はそうなのです。

「聖書の土地と人びと」

74 日本人は適者生存で、強い者が最後の一杯の水を飲むのですというと、弱者は見捨てるのだと思うけれども、そうではないのです。そのような一般的な掟《おきて》と、本当に弱い者にはどうしても恵む、その二つがまったく自然にあるのです。共存している。

75　「ホームレスは怠け者だ。ああはなるな。しかし労《いたわ》らないのはお前たちが悪い」と言えないところに現代の教育の虚偽性がある。なぜ言えないかと言うと、「皆いい子」で育った世代は、あらゆる人に悪い点がある、という事実を口にできないからである。

人を労るということは、相手がいい人だから労るのではない。いい人でも悪い人でも労るのである。しかし「弱者は常に正しい」などというでたらめを容認していると、真実はどんどん遠のいてしまう。

弱者にも強者にも、質は違うが同じくらいの善と悪がある、とどうしてさらりと言えないのだろう。

「週刊ポスト96／9／13」

76　光子は、自分の顔の痣《あざ》についても、学校へ上がる前に、お母さんからはっきりと言われたのであった。

人間は自分が悪いことをしたなら、責任をとらなければならない。しかし自分に責任のないことについては、人が何と言おうと、まったく気にすることはない。

学校ではたぶん、誰かが光子の痣について笑いものにするようなことを言うだろう。しかし、そんなことを言う子は、ばかだと思って知らん顔をすることだ。

光子の痣は神さまの贈り物だ。その証拠に、光子の痣のある半面は確かに少し暗く見えるけれど、そうでない半面は、普通の人以上にきれいにしてくださった。

自分が頂いた痣を悪いものだと思えば、光子は神さまを恨むようになる。しかし、これには何か人間にもわからないような大きな意味があるのだから、むしろ神さまと光子の間の、秘密の約束のようなものだ。だから、まず見せるなら、姿勢をよくして、首をきちんと鶴のように伸ばして、痣のある側から顔を見せなさい。その時、相手がどんな人だかわかる。

ただ外面だけを気にする人だったら、その時動揺して、それ以後、言葉遣いや態度が変わるだろう。しかし、人間は心が大事なのだからと心で付き合おうとしている人だったら、顔の痣くらいで少しも変わらない。むしろもっと仲良くしてくれるだろう。いい友達をはっきり選べるだけ、光子はむしろ幸運な子供なのだ。相手が痣を笑う子かそうでないかをまずはっきり見極めてから、きれいな方の顔をゆっくり見せてあげるようにしなさい。

「極北の光」

77 「皆、いろんな別れ方をするんですね」

「ほんとうは、幸福になれない理由を人のせいにすることは卑怯なのよ。でも、そう思い込まれたら、それを打ち消すことはできないの。だから、私はそれに従っただけ」

「あなたは、強い方なのか、弱い方なのかわかりません」

「私は強い女よ」

「今あなたが、ご自分は弱い女だっておっしゃったら、強い方だって言うつもりでした」

「何て言ったって同じなのよ。どう言ったって大した違いはないの」

「極北の光」

78 体と一緒に心を鍛えないとだめね。今、スポーツが盛んだけど、スポーツは何のためにやるのって、いつも言ってるんです。それは負けることを知るからなんです。悔しいけど、あいつのほうが強い、オレのほうが弱い。その結果は絶対なんです。二つの小説を並べ、こちらがいい、あちらがいいと、読む人がさまざまに評価するのとは違うんです。単純な負けの裁決にどう対処したらいいのか。スポーツを振興するのもいいけど、そういう負けに強い人間をつくるようにしなければいけないと思いますね。

「大声小声」

79 私は弱い人間ほど、常に、最悪の場合の備えをしておかなくてはいけない、と思っている。体の強い人は、万が一災害に遭った場合にも、濡れた体のまま、食べ物に不足しても何とか生き延びる。しかし、老人や幼児にはそれができないのと同じである。

私たちは、常に私たちの生活には、かりにいかなるいい政治が行われても闇の部分があること、その中であくまで、自分を失ってはいけないこと、圧迫されても真理に殉じること、その時に初めて魂の平和が得られること、などを子供たちにも自分にも常日頃、いいきかせて鍛えておくべきなのである。自分や子供たちに夢を抱かせすぎるほどよくないことはない。良い状態だけが幸福だなどと思うようにしつけておいたら、人間は逆境に遭うと立ちどころに生きていけなくなる。

「私を変えた聖書の言葉」

運命を受け入れる時、人は運命を超える

人は、誰も唯一無二の運命を受諾して生きるしかない

80

人は思いもかけない人生を送る。しかし彼か彼女が地球と人生のその地点に送られたということは、そこになんらかの必然があったのだ。

どういう必然かというと、それによって、思いがけない方法で、その人の魂が高められる、という必然である。

「近ごろ好きな言葉」

81

人は皆、運命を受諾して生きる他はない。親もその運命の一部である。もちろん他の道がありますよ、と選択の余地があることを示すのはいいことだ。しかしその後は、はたから見てどんなに悪い環境であろうとも、それもその子供たちの運命だ、と私は思うのである。それが人間の生きる道にはずれていたら、いずれは、どこかの時点で自滅するか、

運命に逆らって自分で立ち上がるかするだろう。

「近ごろ好きな言葉」

82 「人間の運命って、とにかく誰にも操作できない。戦後の社会が、浅ましくなったような気がするのは、誰も運命というものを、慎《つつし》んで受諾しなくなったからなのよ」

おばさんはいかにも年寄りらしいものの言い方をしてましたね。

「いい運命に遭うと、自分の力でこうなった、とお天狗になるでしょう。悪い運命だと、社会が悪い、政府のせいだということになるのよ。そこには、どこにも運命の受諾というおおらかな姿勢がないんだから」

「飼猫ボタ子の生活と意見」

83 でも、私はあなたに、過酷な運命を受けなさい、それが当然よ、とも言えない。私自信が最高に怠け者で、辛いことは避け続けてきたんだから。

中絶してもいいのよ。ただその時は、命一つ殺します、と思ってやればいいじゃない。あなた、人間は誰だって何だってやるわ。自分が追い詰められれば、盗みだって、詐欺だって、売春だって、良心を売ることだって、変節することだって、何だってやりますよ。人を殺すことだって平気でやるでしょうね。たまたま今までは、周囲の状況がそういうことをやらなくて済んできただけだから。

「飼猫ボタ子の生活と意見」

84 何といっても、人にはすべて運命というのがあるんです。それは猫も同じね。その運命には変えることができない部分がある。またむりやり変えてみたところで、らしくないことは不自然だし、美しくない。しかしもし人がそれを甘受して、その運命をむしろ土壌にして自分を伸ばそうとする時、多くの人は運命を超えて偉大になる、とおばさんは言うの。それは庶民でも皇室でも変わらない原則だ、って。

「飼猫ボタ子の生活と意見」

85 私は時々冗談のように、「ええ、人は自分の会社なんか愛しちゃいけないんです。なまじっか愛したりすると、人事をいじくったり、勢力争いをしたり、引くべき時に引かなかったりするんです」と言うことがあった。その発想の元は、どんなに抗《あらが》っても、私たち人間は所詮、運命の（神の）道具に過ぎない、という自覚があるからだった。この気楽さがいつも私の生きかたにはついて廻っていた。それがすべてのことを流れるように自然にできた理由だったかもしれない。

「神さま、それをお望みですか」

86 「（もし、神がお望みなのでしたら）仰せの通りになりますように」
この言葉を噛みしめる人は、私の知る限りでも世の中に多いのである。そしてそのようにして人にではなく、神によって流された記憶のある人の生涯は、総じて自然で後悔もなく屈託もない。

「神さま、それをお望みですか」

87 この国立公園の中でだって年間三百から五百の象が、頭数の調整のために、殺されているのよ。それが象保護の実態なんです。それを非難する人がいるけど、象は一定以上の数になると水を一人占めにするし、植生を破壊して他の動物や鳥が生きられないようにしてしまう。

このどうにもならない調和を、どうしたらいいんでしょうね。おばさんは、飢饉になると、人間は殖《ふ》えなくなる、と思い込んでいた。お腹が空いていながら、セックスでもあるまいし、母体の栄養が悪くなれば、受胎率も減るだろう、と信じ込んでいたんですよ。人間の種の保存の本能に警戒信号が出る。もっと殖えなければ絶滅するぞ、という警告です。それで受胎率は高くなる。

夫がなくても、家がなくても、貯金がなくても、病気でも、女は近くにいる男と性行為をして、そして妊娠する、という結果の繰り返されるアフリカに、倫理や道徳を持ち込んでも滑稽《こっけい》なんですよ。なぜって、アフリカの生き方の方が、動物の原則に素直に従っているんだわ。私はそういうアフリカ人の心の方に肩を持つわね。一夫一婦制度とか、貞操とか、何ですか、そんな虚為的なもの。

その代わり、アフリカは、自然の成り行きに従うという選択をしたのです。それは、弱い子供は死ぬ、病気になれば死ぬ、敵対部族とは闘う、という運命を受諾することでしょう。動物のように自然に生きながら、人工的な制度の恩恵を受けようというのは、どこかに無理がある。自然に生きて自然に死ぬ運命を選ぶか、自制して生きて自然を超える制度の恩恵を受けるか、どちらかなのよ。

「飼猫ボタ子の生活と意見」

88　人間は誰とも運命を分けることはできない。人の運命は唯一無二だ。だから同じような弾の下をかいくぐっても、一人は生き、一人は弾に当たって死ぬ。一人の人間は、一つの空間を占めることしかできない。
その残酷な運命にはしかも理由がない。善良な人だから生き延びて、悪い奴だから殺されたというのでもない。正義を求めるなどと人はたやすく口にするが、そういう連中はこういう決定的な運命の不備をどうやって説明するつもりなのだ。

「夢に殉ず 上」

89　人は、その生涯において、住む所も仕事も代わって仕方がないものなのである。そのことを自分にも言い聞かせ、子供たちの教育にも、人には運命の変転があることを教えなければならない。しかし当然のことながら、その運命の変転があまりに大きくならないように、皆で努力するのもまた当然である。まず戦争を避け、天災に備え、病気を予防する。これが三本の柱である。

運命という言葉も、今の時代では禁句のようだ。しかしそれをまったく避ける社会などあり得ないことなのだ。日本の戦後教育は、その観念を、人間の力の敗退として使うことを許さなかった観がある。しかし、人間の基本的な運命の不備と不平等は、ある程度は国家や社会の仕組みで補塡《ほてん》できるが、将来共々完全に防いだり補償したりすることはできない。この基本的な真実を、教えない教育というのは詐欺に近いのである。

「流行としての世紀末」

90 人は運命が代わることによって、必ず失うものがあり同時に何かを得るのである。その時、失うものを数えずに、得たものの中に喜びを見出すことができる人が、人生の「芸術家」である。

「狸の幸福」

流されることを愛しなさい

91 人は「不運」に見舞われる時もある。新しい生活を受諾しなければならないこともある。そういう気持ちの切り換えの訓練もしておかなければならない。

「週刊ポスト 96／5／31」

92 一寸先は闇というのがいいんですよ。先が見えない方が人間らしくていいやね。

「七色の海」

93 他人にとっては大切な、運命の分かれ道でも、私たちは忙しさに紛《まぎ》れて「つい」そのままになることもあるのです。

「ブリューゲルの家族」

94 いつかあなたは、神がかりになるのはよくない、とお書きになっておられました。それより偶然を無責任におもしろがる方がいいとも言っておいででした。

「ブリューゲルの家族」

95 私の体験でも、世間の反応は、自分の意図と違うことばかりでした。親切でしてあげたことで恨みを買うこともありましょうし、何の気なしにしたことでひどく感謝されることもありますでしょう。クレネのシモンは、人間が自分の行為の結果を計測できないままに、大きな社会の変革に使われることもある、という事実の象徴として登場して来た人物としか思われません。そしてもし神という方がおられるなら、そのことで人間の浅知恵を諫《いさ》めておられると思うのです。

「ブリューゲルの家族」

96「私ね、こういう大晦日《おおみそか》の過ごし方をしたかったの。今年の大晦日のことは、私きっとお婆さんになっても覚えている、と思うわ。あの年の大晦日はすばらしかった、って。少なくとも今年の大晦日は、最高だわ。静かで、心が休まって、世間のことなんか遠くに思えて……」

「来年も同じだよ」

「そんなことわからないわ。私、昔から、いいことがあると怖いのよ」

「どうして？」

「だって、いいことを手にしたが最後、それはもう失われる運命だけしか残っていないんだもの。それに、私、来年は、あなたと大喧嘩《おおげんか》して、もういっしょにいないかもしれない、っていう悪い予感さえ持つのよ」

亜季子は笑い、そしてちょっと涙ぐんだ。

「僕は喧嘩なんかしないよ」

「あなたはそうね。でも私は、はしたないから、いつでも自分が事をぶち壊すんじゃないかって、恐れてるの」

「ロくらいじゃ物は壊れないよ。壊れるとしたら、もっと別の必然からだ」

「燃えさかる薪」

97 いい時も悪い時も、亜季子はあまり物音を立てずに行動するのが好きであった。すべてのことの結果を自分一人でしっかりと引き受け、決して人のせいにせず、ひっそりと生きていれば、そのうちに自分らしい安定した地点が見つけられる。自分を知る人は自分しかなく、行動を決められるのも自分しかないはずであった。

「燃えさかる薪」

98 独立する、ということは、いったいどういうことなのか。そもそも部族の意識しかなかった人たちが、「宗教という大きな網にくるまれずに」近代的な国家としての統合は可能なのか。また自分で食べられないような状態でも、独立をすることは可能なのか。その場合国民の幸福はどのように考えられるのか。

つまり「どちらに転んでもよくない」ということがこの世にはある、ということを私たちは忘れてしまっていたのではないか。「どちらか、正しい方に転がれば、結末はいい筈だ」と考えた私たちが、まだ甘くて真実を正視しなかったということなのかもしれない。

「昼寝するお化け」

99 律儀がいけないなら、何がいいんだ、と私は欠伸《あくび》をしながら考えました。おばさんがいつも言うのは、いい加減に考えていくということなのね。

お医者がそうだ、と言ったら「そうかもしれないけど、そうでもないかもしれない」と思えばいいんですって。お医者から「ガンだ」と言われたら「そうかもしれないけど、もしかすると、急に治ることもあるから」と考えたらいいということね。

だから、日本経済は当分大丈夫だ、っていう新聞の論調が出たら、これはもしかするとすぐコケルんじゃないかと思って財布の紐を引き締め、間違いなく今年は大地震がある、という占師の予測があったら、今年は大丈夫なんだな、って思えばいいんだって。何てでたらめで楽な話なのよ。

それを何もかも律儀にやってると、人の流れに呑まれてひどい目に遭うそうです。万事、いい加減に受け止めれば、そんな深刻なことにはならないのよね。

「飼猫ボタ子の生活と意見」

100 どんなに抗《あらが》ったって、人間、定められた運命以上のことはできません。ただ運命に流されながらも、希望の方向くらいははっきりと持ち続けていて、小さな悪足掻《わるあが》きをすることくらいは自然でしょう。そうするとそのけちな悪足掻きが、思いの他大きく流れの方向を転換させる力になることもあるのです。

しかしそんなに、努力しなくていいのよ。流されることを愛してください。そして流されながら、しかし最後まで、小さな希望だけは明確にしているという生き方をしてください。「いい加減」という言葉がこの頃私は大好きです。これは、いい言葉なのよ。塩味、お風呂の温度、花の咲き具合、それぞれにいい加減というものがあります。同じ個人でも、日によって状態によって好みも変わります。一杯目の茶はぬるく次は熱かったことを褒《ほ》めた人もいるし、今日は少し辛い味で食べたい日もあれば、寒風の中を帰って来た時には熱めのお風呂に入りたいものなのよ。

とにかくのんきに、いい加減にやりましょう。

「親子、別あり」

運命を使いこなすこつ

101 人間の性格は、遺伝的に私たちの体に組みこまれたものもあろうが、後天的な要素も多い。それらのすべては、神から一人一人に与えられたもので、たとえそれは、ひどい運命のように見えても、贈られた人がそれを使いこなすすべと意欲さえあれば、すべて善きものになりうる、という保証つきのものなのである。

パウロはそのような神から与えられた運命を使いこなすこつをさりげなく示した。それはパウロの書簡の中で何回も繰り返される「感謝してこれを受ける」という態度であった。「凡人は感謝どころではありません。文句で済めばいいほうで、深く深くお恨みに存じます」というケースのほうが多いと思うが、ほんとうは「何ひとつ捨てるものはない」贈り物なのである。

「心に迫るパウロの言葉」

102 私は大きな方向は自分で（決めたいと願い）、小さな部分では流される（ことは致し方がないと思う）ことにしている。いや、その逆かも知れぬ。人間に決められるのは晩のご飯のお菜くらいなもので、お菜だって、マーケットへ買いに行ったら、予定して行ったものがなかったということはざらなのだ。大きな運命にいたっては、人間は何ひとつ、自分で決めた訳ではない。私たちが、二十世紀の終りに、日本人として、それぞれの家庭に生まれ合わせたこと、どれひとつとってみても私の意志ではなかった。私たちはその運命を謙虚《けんきょ》に受けるほかはない。

自然に流されること。それが私の美意識なのである。なぜなら、人間は死ぬ以上、流されることが自然なのだ。けちな抵抗をするより、堂々とそして黙々と周囲の人間や、時勢に流されなければならない。

「誰のために愛するか」

103 思いやりということは、聖書の中でも大きな主題となっています。自分が相手だったら、と思う癖をつけることです。

友情の基本形は、そのような惻隠《そくいん》の情であろうと思われます。惻隠の情という手のものです。人間の運命などというものは儚《はかな》いもので、今日健康な私も、明日はどうなるかわからないのですし、今日物理的に豊かに暮らしている人も、明日同じような生活ができるという保証はどこにもありません。よくも悪くも運命は、その人の努力さえも一致せず、回り持ちという感じさえすることがあります。ですから、他人に対して惻隠の情を持つということは、明日の自分の運命に対して、充分なイマジネーションを持ち得るということでもあるのでしょう。

もっとはっきり言えば、もし自分に決して訪れない運命だということがはっきりしているなら、平凡な人間は他人に優しくしないかもしれません。自分もそうなるかもしれない、としみじみ思った時、助けようと思うのです。

理屈や常識を越えて、相手の立場を思いやれる人になる。そして時には規則を越えて、その人が生きられるように手助けをする勇気を持つことを、神もお望みなのです。それを知って嬉しくなりました。

「聖書の中の友情論」

104　あれほど強く、現世はろくな所ではない、と思ったおかげで、私はその後、それよりははるかにましな世界を見た。すべてものは比較の問題なのだ。私は拒絶的に冷たく考えていたよりもはるかに人の心は温かかった。ほとんどすべての人の中に驚くばかり多彩な才能が隠されていた。そして何よりも、悪いことばかり常に期待していると、運命は決してそのようにはならないのも皮肉だった。

悪くて当然と思っていると、人生は思いの他、いいことばかりである。しかし社会は平和で安全で正しいのが普通、と信じこんでいると、あらゆることに、人は不用心になり、よくて当たり前と感謝の念すら持たないようになり、自分以外の考え方を持つ人を想定する能力にも欠けて来る。それだけでなく、少しの齟齬《そご》にすぐ腹を立て、失望しなければならない。私はそのような残酷な思いを若い人にさせたくはないので、現世はどんなに惨憺《さんたん》たるところかということを、むしろ徹底して教えたい、と思ってしまうのである。

「二十一世紀への手紙」

105　あなたはまだ、人生に絶望していらっしゃらないところがおありだったのですね。人はいかに無礼であり、運命はいかに残酷かということを、骨身にしみてご存じなら、あなたは誰にも何も期待なさらなかったでしょう。そして期待さえしなければ、裏切られることもお怒りになることもなかったはずです。

「天上の青」

106 他人には何でもなく与えられているのに、自分にはなぜか与えられていない、っていうことやものが、この世にはれっきとしてあるでしょう。その不法だか、矛盾だか、不平等だかを承認できた人だけが、ほんとうに成熟した生涯を送ることができるんだろうということです。でもそういう大人の自然さが、僕の周囲ではあまり感じられたことがないんです。

「一枚の写真」

107 ものごとを大切な順から取る、ってことができない人ってよくいるのよ。

「一枚の写真」

108 「あんたの眼は、蠟燭《ろうそく》のようなもんだから、一生うまく配分して使ったらいい」
その一言が、今でも耳に鳴り響いている。私が本を読むのを恐れるようになったのは、それ以来である。つまり私は上質の読書だけしようとしたのだ。それはうまいものだけ食おうとすることに似て、およそ不可能なことなのだ。人間はあらゆることを本質的には自分で選ぶことができない。人間が選べるのは、運命が許してくれた選択の範囲の中である。

「讃美する旅人」

109 人は自己の生き方を選ぶべきなのである。そしてそれはまた一人一人に課せられた任務であり、社会を支える偉大な要素になる。人は違っていなければならない。人と同じようにしたいのだったら、何かに「抜きんでる」などという望みをやめて、まったく目立たないこと、その人がどこにいるのかわからない状態に甘んじなければならない。個性を認められる、ということには孤独と差別に満ちた闘いを覚悟するという反対給付がつく。

「二十一世紀への手紙」

損な立場がとれる時、人間は人間になる

110 僕は、普段の生活だって、自分勝手で、享楽的で、決してストイックなとこはないんだけど、自分が得をしてうまくやったって思うことには、後になってあんまりいい香気がしないんだな。何だ、普通のことしかしなかったじゃないか、と思う。それでいいんだけどね。それで充分なんだけど、僕がそのことによって上等な人間になった、と思うことはないんだ。だけど、僕が、譲って、損をして、そして愚かなことだと言われるようなことをした時に、僕は後で考えてよかった、と思う時があるんだ。

「燃えさかる薪」

111 人間が、人のために差し出すもので、一番簡単なのは金である。億の金でも金は一番簡単である。もっとも、その金さえ出せない人は、ここにもあそこにもたくさんいる。

次に比較的楽なのは労力を提供することである。それも、花壇の掃除や草取りをしてあげるとか、給食サービスなどは大したことではない。コーラスや歌を聞かせてあげるなどというのは、自分の楽しみを人におしつけているだけだ。

ほんものの労力の奉仕は、他人の汚物の処理をすることである。「奉仕」という言葉はギリシア語で「ディアコニア」といい、それは直訳すれば「塵《ちり》・芥《あくた》を通して」というような意味になる。つまりそこには、相手の汚物をきれいにしてあげることだけがほんとうの奉仕だという意味が隠されているのである。

しかし人のために差し出せる最高のものはたった一つしかない。それは他人のために、自分の命を差し出すことである。

「大説ではなく小説」

112

これらの一連のできごとはほとんど同じ要素を持っている。つまり矜持《きょうじ》というものがまったくないのだ。人が見ていようがいなかろうが、自分自身に対するささやかな規律、自ら欲する人生を築こうとする慎み深く賢い配慮、何を美しいと感じるかという魂の雄々しさを感じさせる厳密な美学、損をしても自分の道を守る心の高貴さ、と言ったものに対して、関心のなくなった人が多すぎるような気がするのである。むかしは、教育のあるなしに係わらず、もっと背筋を正し、決して世間の風潮や流行にはそまらなかった人が、世間のあちこちにさりげなくいたような気がする。

学校の教師と親たちは、今までの、損をしないことをもって人権とした教育の被害が、どれほど甚大なものだったか、そろそろはっきり見極めてもいい時期に来ていると思う。

「大説でなく小説」

113 憎しみのままに敵をいためつけ、苦しめることは誰にでもできる。そうすれば、敵もますます憎しみをかき立て、そして最後には、私は捕虜にした敵を肉体的には殺すことができるが、しかし相手は決して、私に負けたとも思わず死ぬのである。私はその場合、この戦いに、一見勝ったように見えて、じつは、すこしも勝っていないのである。

それに対して、敵の求めるものを黙々として与える時、それは一見、相手を屈伏させていないように見えながら、完全に相手の心を掌握するのである。

私は、今までに、何度も、この「敵」と同じような心理になったことがある。私は、自分の幼さを、許されることで思い知らされた。愚かさを、それを指摘されないことでかえって見せつけられた。残酷さを、優しくされることで暗示された。

もし私が、自分のいい加減さについて、あらかじめ嗅《か》ぎつけていなかったら、私は自分のあからさまな醜《みにく》さを見せつけられて、フン死したかもしれない。それこそ、まさに私を憎む相手から見れば、完全な勝利なのである。

報復というおろかな情熱を、この世からなくせない限り、私たちは、せめてその情熱の使い方を知りついでに勝利の方法も知るべきである。「私の中の聖書」

114

「彼女が向こうで幸せになって帰ってこないことを願っておりますから」

「なぜですかね」

私は尋ねた。

「その方がつじつまが合わないからよろしいんだと思います。悪いことをした者が罰を受けて不幸になったりすると、どうも世の中が幼稚になります。私を捨てて行った妻が幸せになり、私がそのまま惨《みじ》めに生きる方が、どちらかと言うと安心していられます」

115　人間の長い歴史の一部は、人がその生命を犠牲にすることによって保たれて来た面がある。医学にも人命救助にも、戦争にも自分が死んで他人を生かそうとする努力があった。だからと言って、今、誰かがたやすく死んでもいい、とか、誰かを犠牲にすればいい、というものではない。ただ、誰かが生き残るためには、別の人間の命が失われる必要のあることもあるという自然の道理さえ、危険思想と思われそうで、恐ろしくて口にできなくなっている現代社会は、それだけ嘘つきになっており、その分だけ別の危険をはらんでいる、と思うことがある。

「愛と許しを知る人びと」

人間は間違いつつ正しさを模索し、受けながら与える

116 腐りかけの果物、心が病んでいる人間は社会や周囲に往々にして迷惑をかけるが、しばしばすばらしい芳香も放つのである。もちろん常識的に言えば、果物は腐っていない方が、人間は心が病んでいない方が始末がいい。しかしその腐りかけの部分がないと、人生の芳香もない。それが、文科系の人間のものの考え方の特徴なのである。

「悲しくて明るい場所」

117 人間は、卑怯を自認しつつ正義を行いうるものであり、間違いつつ正しさを模索しうるものであり、受けながら与えることもできるものなのである。最初からためらいがない人、心が揺らがない人、前言を取り消さない人、というのはだから人間としてはむしろ異

常だということを私は知ったのである。

その緩《ゆる》やかな時の流れを認められない人は、つまり人間らしくない、と言ってもいいのかもしれない。

「悲しくて明るい場所」

118 人間にとって大切なのは、自分があることをどう把握して、どう行動するかであり、他人がそのことについてどう思うか、などということは、実に瑣末なことである筈である。どう思われても、やるべきだと思ったらやるのが人生なのだし、それで悪意を持たれるなら、それは悪意を受けているより仕方がないことなのであった。

「近ごろ好きな言葉」

119 自分の中に、動物みたいな部分と、優しい気高い部分と、両方が確実にあると思えれば、人間は大きく間違えないでいられる。だけど、たいていの人が、自分はどっちかだと決めてかかるからおかしくなるんだ。

「極北の光」

120　噂というものは、百パーセント間違って伝わるでしょう。そして知らない人ほど、何か言うでしょう。

「燃えさかる薪」

121　人間は他人を語ってはいけない。それは無責任なものなら「噂話」となり、やや慎重なものなら「伝記」になり「追悼記」「思い出の記」になる。しかし私はこのどれも、信じていない。人は共に生活したことのない他人の心の内などを正確に書けるわけがない。だから、私は追悼や思い出の文章を書くことに恐怖に近いものを覚えている。私はそのような非礼を犯すことができない。

「悲しくて明るい場所」

122　誰かが何かをした時、出身地が出て来るというのは、それこそ「田舎臭い」話なのである。その人と故郷とは、ほとんど関係がない。偉い人が出るとその土地の出身者が急に肩身が広くなったり、犯罪者が出ると肩身が狭くなったりする、ということほど、おかしなことはない。町の名誉、などというものは存在しないのである。
そんな狭量なことを言わなくても、町の名誉だと思えばいいじゃありませんか、という考えもあるが、同じ町の出身だから感激する、という姿勢は、同じ町の出身者でなければ関係ないと考えるのと同じ姿勢だから、理性的な人間性を貫くことができない。飛行機が落ちた時、「日本人の乗客はいない模様です」と真先に言う日本独特の身勝手な報道の姿勢もそこから生まれる。

「昼寝するお化け」

123―人の心は、本気で他人を思い、責任を持ってその人と係わる時、必ず屈折した部分を持つようになる。その方がむしろほんものなのだ。

「神さま、それをお望みですか」

124―要するに、日本語で言うと村八分よね。私なんか体験がないわけ。やられているかもしれないけれども、感じないという鈍感さがありますから。鈍感でいられるということは、つまり、ないということかもしれませんよね、やはり。

「聖書の土地と人びと」

125

私の疑い深さは、昔から、ほんとは人には隠しておきたいほどのものであった。しかし私は疑うこともなく信じるということは、人に対してむしろ不誠実になる、と思っていた。見ずに信じることが可能でしかも意味のある対象は、神だけである。人は深く疑った後で、その人への尊敬を確立すればいい。

「神さま、それをお望みですか」

正義を振り回すと、真実が見えなくなる

126 正論を吐く人ってオッカナイでしょう。自分は悪いことをしてないと思ってるんだから。

「飼猫ボタ子の生活と意見」

127 とにかく、この人生が不安定なものであるということは今も昔も変わらないわけね。それなのに、どうして人生がよきものであり、正しいものであるということになったのでしょうか。

旧約聖書に、すべて正義は汚れた下着にほかならないという言葉がありますが、これはユダヤ人の知恵なのね。イタリア語の記事にはこの「汚れた下着」っていうのが、女性の生理によって汚れたもの、つまりすごく汚いものだという表現まであるらしいのよ。正義

はそれでもなお求めるべきではあるけれども、そういうことを考えてからものを言ってほしい。

「大声小声」

128 この世のことは一筋縄ではいかないから、単純に正義を振り回すと、真実が見えなくなる。

「近ごろ好きな言葉」

129 もし正義が、人間の行為の正当な賞罰として正確に行われたりしたら、恐らくそれは、表面的で、底の浅い、幼稚で、退屈極まりないものになって、人間をうんとくだらないものにするでしょう。

「燃えさかる薪」

130 ハイジャックの犯人というものは、大勢の目撃者の前で逮捕された現行犯なのだから間違いがない。その顔にモザイクをかける必要などまったくない。その顔をはっきりと出して責任を問うことが、今後類似の犯罪を防ぐ一つの方法であり、かつこういう卑怯な犯罪に対する怒りの表現でもあるとわたしは思うのだ。

ハイジャック犯人には、怒りがあって当然だ。ハイジャック犯にまで顔にモザイクをかけるのは、テレビ局に正義の怒りがなく、世論に対するおもねりと、人道にことよせたことなかれ主義が前面に出ている証拠である。　「流行としての世紀末」

131　そもそも「知る権利」というのは、「平和」と同じくらい現実性の少ない言葉である。なぜなら、人間は自分さえよくわからない場合が多いのに、他人が私のことを私よりわかるわけもない。「知る権利」は限定された分野の結果だけである。国防など、「知る権利」より「知らせない権利」を行使しないことには、効果を発揮しない。公文書を公開し、関係者は署名した以上責任をとることに誰も異存を唱えてはいないのだから、現実性のない、「経過まで知る権利」などというものを、何かにつけて絶対で最大の正義のように振り回すのはやめた方がいいと思う。　「近ごろ好きな言葉」

132 今はすぐに「知る権利」ばかりが言われるが、個人にも組織にも「知られない権利」と「知りたくない権利」とは依然として残っているだろうと思うのだ。その点については、誰もほとんど言わないのが不思議なのである。

人には、理由がなくても、他人には見せたくないというものがある。

「近ごろ好きな言葉」

133 ふと私は心が崩れるような気がした。この子にほんの数ヵ月のこの世の光を見せるために、私たちはミルクを送り続けて来たのか。それを私は無駄なことだと言っているのではない。しかし私たちは「無残さ」にも手を貸して来たことになる……。

「イマロン、シダ？（エイズを知っている？）」

とシスターは聞く。若い母は首を横に振った。その後でも別に不安の色は見せていなかった。後で知ったことだが、シスター・黒田は、もう助かる希望のない（従って食欲もない）子供には、日本からのミルクは与えてはいなかった。アフリカの掟には、日本のような感傷の入り込む余裕はなかった。感傷は、つまりは、他の生きるべき命を助けないことに繫がるからであった。

「神さま、それをお望みですか」

134 急激な変化はその人を痛めつけることにこそなれ、決して穏やかに正しい方向に向かわせることにはならないことを、イエズスはよく知っておられたのである。

正しさを叫び、正しさを人に押しつけようとするのは、思い上がりと労《いたわ》りのなさの結果である。もし信仰があれば、人間について私たちはより深い洞察が可能になる。つまりだれにも必ず弱いところがあって、いかなる正しさも、急にやると無理がいくということである。

「愛と許しを知る人びと」

135 人間は正義に駆られて何かをする時ほど反省を失うものはない。

「心に迫るパウロの言葉」

136 パリサイ人のように正しくない人を裁き、結果としてその人を社会のグループから弾《はじ》き出すことではなく、その人の現状を深く思いやり、その人を見捨てず、どうしたらその人の希望を叶えて幸せにすることができるだろうかと考えること、それが神のお望みなのです。

この点に関して、私なども時々正義をふりかざしたくなりがちですが、正義など、なんというほどのことでもありません。

「聖書の中の友情論」

137 いつの時代にも、反対ということを、自己の存在の証《あかし》としている煽動家《せんどうか》というものがいる。

彼らの多くは、彼自身の独創的な論理というものを持ち合わさない。反対するものがあって初めて、彼らは活躍の舞台を見出す。そして彼らの拠《よ》りどころは、決して極端な少数派にはならないという計算の上になり立っており、たった一人で反対を唱える勇気などはまったくないのもその特徴である。

「ギリシアの英雄たち」

138 ならない木は切ってしまえ、働かない奴はクビにしろ、というのは、私などもお得意の思考形態です。何しろ筋が通っていますし、正義に基づいた行動をしているような錯覚さえあります。

しかし聖書は「見捨ててはいけない」こと、「何度でも性懲《しょうこ》りもなく許す」ことを繰り返して教えているので、そこが辛いところなのです。

「聖書の中の友情論」

139 人は他人のことを、正確に理解することはできない。これは、宿命に近いものである。だから人間は、正義や公平や平等を求めはするが、その完成を見ることは現世ではほとんどない。それを一々怒るような幼い人になると、一生それだけで人生を見失うのである。

「二十一世紀への手紙」

140　私はいつも無責任なことをたくさん言い、時には見栄も張り、前言取り消しもさほど不名誉だと思わない性格なのだが、「私は人道主義だ」ということと「自分はいかなることがあっても人を殺さない」ということだけは言ったことがない。ほんとうは言いたいのだが、言えないのである。

「大説でなく小説」

思想とは存在そのもの

141　人は無責任な時が一番美しい。しかし責任が生じると、多くの人が卑怯者になるのだ。

「燃えさかる薪」

142　今まで、闘争の第一の要素として頑張って来た思想を、どうして捨てられるのか私にはわからない。間違っていたなら――人間は誰でも、よく間違えるものだから――日教組は今までの生徒に、かつての教育は間違いだったと謝り、これからはどの国でも、国歌と国旗に対する尊敬を示す癖をつけなさい、とはっきり言うべきだろう。

「流行としての世紀末」

143 思想は人間の存在そのものだ。そういう部分を簡単に改変できるということは、つまりその人、というものは何も実体がなかったことになる。

「流行としての世紀末」

144 ある人間の中心の思想を（命の危険に陥れられもしないのに）金や勢力のために売る、ということは、それだけで、もう人格を失ったと私は思う。自民党は、思想を売った。人間の根幹を売った。

「流行としての世紀末」

145 用心をしないという人はつまり自衛の方法を学ばず、自分の安全を放棄し、ひいては社会に迷惑をかけることになる。

「流行としての世紀末」

146 こういう争いは、双方の立場を聞いてみなければわからないけれど、日本の男たちは末だに無責任なものである。東南アジアには、各地に日系の子供たちがたくさん生まれている。過去の慰安婦問題を謝っても、今また同じ要素を含んだ性的な放埒《ほうらつ》が放置されていては、謝って済んだことにはならない。過去をとやかく言うより、むしろ今もなお行われていることの責任を取る方が大切だ。そういう無責任な行為が人間として許されないものだ、という教育を親と学校はしているのだろうか。文部省の教科書には、性の加害者になることへの警告はないのだろうか。

「流行としての世紀末」

147 個人でも国家でも、うまくいかないことの責任を他人に転嫁するという姿勢は、ますます状態を悪くする最大の原因である。自分の仕事がうまくいかなかった場合、卑怯な人ほどそれを外部のせいにする。

自分の失敗を悲しむことはまことに健全だ。人間は誰でもいつでも失敗するのである。しかし間違いに気付けば、改善と希望が確約されている。しかし自分の具合の悪さを人のせいにしている限り、病状は極めて重い。

「昼寝するお化け」

148　戦後の日本人は、個人としてはほとんどの人が被害者意識文化の中で生きて来た。子供がいじめで自殺したのも、スモンやエイズにかかったのも、家が洪水で流されたのも、バスが道から落ちたのも、地震で水が止まったのも、すべてが、誰かの責任だという被害者意識型文化でやって来た。

しかしその他のこと——自分に責任のない社会通念——としては加害者意識型文化を持つことをしいられて来た。つまり、あらゆることで私は被害者なのだが、自分の関係ない他人は加害者という図式を描いて来たのである。

もう戦争中の生き残りはほんの少ししかいないのに、南京その他であったと言われる虐殺も、慰安婦問題も、すべて私たち日本人は加害者でしたと言うのが当たり前だ、という矛盾を誰もが本気になって整理しなかったのである。そういう場合、口では加害者ぶったことを言う人でも、実際にはなんら（肉体的、金銭的）贖罪の行為をしない例が多い。むしろ他人を責めれば、それはタダで贖罪になり、自分を人道主義者として示すことにもなる、といううまい話であった。

「近ごろ好きな言葉」

149　はっきり申しあげますが、僕はいかなる運動も嫌いではありません。同じ立場に立たなければ、わからない問題というものは常にあるものです。しかしあの「統一行動」がいやなのです。たすき、鉢巻、ゼッケン、シュプレヒコール――どれも寒気がします。あれに平気だという人に、真の魂の独立など望めっこないという気がします。僕も紛《まぎ》れもない労働者ですが、群れをなして何か言うのも嫌だし、思想は、自分で考え出した独自の表現を取りたいものです。
「一枚の写真」

150　職人の収入は、昔は決して多くはなかった。しかし逆に彼らは、収入が多くなかったから尊敬されたのだし、収入が少ないからその仕事を辞めようという人もなかった。日本人は、精神を重んじて「収入は二の次」という姿勢が好きだったし、人間、金持ちになると堕落する、ということも信じていた。

職人は例外を除いて名前も有名にはならない。その仕事に創造性は特に要求されないが、精密で精巧で達者な腕は厳しく要求される。

私も職人に対して今でも深い尊敬を持っている。

「日本人の心と家」

151 つまり今は、皆未熟な腕のままで通用する時代になってしまったのだ。それでもお金は稼げるし、親方もそれ以上のことを言えば、今の若いものはすぐやめてしまう、という。

アメリカが日本との貿易不均衡に苛々《いらいら》しなくても、このまま行けば、日本が技術的にいろいろなところから脱落して行くのは時間の問題だろうという空気が私の身の廻りには立ち込めている。不景気なら、その空気を利用して、職人・技術者の訓練を厳しく行うことだ。日本は今いい気になっていて、世界的な技術のレベルを保てる状況になど、あるわけがないと思う。

「近ごろ好きな言葉」

152 今時代の流行になっている休日を多く取るという思想が、そのうちに間違いだということが明確にわかるだろう。人間は週に二日も三日も休み、夏に一月《ひとつき》も休んでは社会をまともに運営していけないのだ。「創世記」に描かれた神さえ、七日目にして初めて一日だけ休んだということを人々は忘れて怠惰になっているのである。

「昼寝するお化け」

愛することは生きること

人間が最後の瞬間に必要なものは愛だけである

153
死を前にした時だけ、私たちは、この世で、何が本当に必要かを知る。私たちは日常、さまざまなものを際限なく欲しがっているが、もし明日の朝には世界中の人類が死滅する、ということになった時には、誰もがいっせいに、今まで必要と信じ切っていたものの九十九パーセントが、もはや不必要になることを知るのである。お金、地位、名誉、そしてあらゆる品物。すべて人間の最後の日には、何の意味も持たなくなる。

最後の日にもあった方がいいのは「最後の晩餐用」の食べ馴れた慎ましい食事と、心を優しく感謝に満ちたものにしてくれるのに効果があると思われる、好きなお酒かコーヒー、或いは花や音楽くらいなものだろう。それ以外の存在はすべていらなくなる。

その最後の瞬間に私たちの誰もにとって必要なものは、愛だけなのである。愛されたという記憶と愛したという実感との両方が必要だ。

「二十一世紀への手紙」

154 人は、愛していると口に出す。しかし相手を困らせないでおこうと思ったら、我々はむしろ黙っていることだというのは原則である。

私たちは人を愛する美徳ばかりを教わった。しかし時には、意識して人を深く愛さないようにすることも大切なのである。冷酷にもすばらしい美点があることを、私も若い時には知らなかった。

「大説でなく小説」

155 愛は、あらゆる人間の問題を解決する、基本的なエネルギー源であると同時に、愛は、どのような生涯をも（たとえそれが世間的に見て成功したものであろうと、不成功なものであろうと）等しく、それに、哲学的な意味づけを行い得る叡知《えいち》なのである。

「私の中の聖書」

156

失恋は一人の人間についての評価を完結させる魔術である。ふつうの人間は生きている限り、その評価が刻々変って行くのをまぬがれ難い。しかし失恋は、相手の印象を石に刻みつける作業に似ている。もはやその価値、その横顔は略々《ほぼ》永遠に変らない。

何よりも大きな意味は、多くの場合、何人かの失恋の相手は、本当にその人がめぐり合って結婚すべきだった相手のところまで、彼又は彼女を導いて行くに必要な道標だった、ということである。すべてのものに時期がある。

「誰のために愛するか」

157

もう三年遅くめぐり合っていれば、あるいは結婚したかも知れない相手と、少しばかり早く会いすぎることもある。しかし同じ梅の実でも未熟なものは、危険なのだ。同じ相手でも、時が来ぬ前の恋はうまくいかない。道標は暗い夜道を歩くものの心をとらえるが、そこへ向って突進したらやはり飛行機でも船でも航路を踏みはずす。道標は静かに見送って走らねばならないのである。それがいかに辛くとも。

「誰のために愛するか」

158　世の中には、うまくいかない結婚が多すぎる。しかし、相手に不誠実になる口実なら、どこにでも、いくらでも、必ず、あるのである。しかし、一人の人間に共に暮らしてよかった、と思わせることが、実は大事業であり信仰の上からみても大きな意味を持つということは、あまりはっきり言われていない。つまり、配偶者でなくても、誰をも私たちはしあわせにすべきなのだが、少なくとも配偶者くらいはめいめいが自分でやらないと、誰も責任の引き受け手がないのである。

「私を変えた聖書の言葉」

159　「嘘つけ。裏切られたら、誰だって怒りも恨みもするぜ。あんただって、彼氏が他の女に見返った時、やっぱりむらむらしたはずだよ」

「それでも、やはり、黙って離れて行くのが一番いい、ってことがわかってくるのよ。そして、そういう苦しみに耐えられるようになるのも、それはやはり私を捨てて行った人の贈り物だったってことがわかってくるんだわ」

「天上の青」

160 一つを捨てて一つを確実に取ればいいのにね。人生ってみんなそうじゃない？

「天上の青」

161 すべて今度のことは、あなたが、どれだけ自分を救う努力をなさるか、ということにかかっているということなのです。誰でも手を貸すことはできますが、自分が這《は》い上がろうとしない人を穴から引きずりあげることはできません。

「天上の青」

愛はすべてをそのまま抱きこむ

162——「すべてをこらえ」という時、私などはこらえるのは辛いから、考えないようにする、忘れる、という操作をしようとする。しかし「こらえ」に相当するギリシア語の原語はステゲイといい、これはカバーする、家を覆《おお》う、というような意味である。日本人はステゲイを理解しやすい。鞘堂《さやどう》というものがあるからである。平泉の金色堂は、堂々たる（それゆえに情緒をいちじるしく損う）コンクリートの鞘堂に納まっている。それは中のお堂を少しも壊すことなく包みこんでいる。あの姿がステゲイなのである。

愛は、愛せないものを排除するのではなく、そのまま抱きこむことだと聖書は言うのである。叱ってなおさせようとするのもいいのだが、聖書はどちらかというと、「何があろうとそのまま」という姿勢のように見える。その方が実は怖い。しかし愛はさまざまに試みても——こらえても、信じても、望んでも——裏切られることがある。その時最後に残されたものが耐え忍ぶことなのだという。

しかし夫婦のどちらかが、耐え忍ぶのも辛いことだ。双方がお互いに耐え忍んでいることがわかっても辛いし、自分だけが耐え忍んでいることが相手に少しもわからなかったら、私なら腹がたつだろうと思う。そこでどうしたらいいかというと、初めから期待しないこと、という凡人の用心が有効になって来る。

「夫婦、この不思議な関係」

163

世界中で、どれだけの夫婦が、成功した結婚生活と引き替えに、配偶者を失う悲しみを味わうことか。仲の悪い夫婦は地獄のような毎日を耐える代わりに、死別によって思いがけない解放を贈られる。もしほんとうに仲の悪い夫婦なら、である。死んでみると淋しいなどというのは、ほんとうに相手を嫌いだったのではない証拠である。

人間の客観的な運命は決して平等ではない、と私は言い続けてきたが、もしかすると、主観的な幸福の絶対量だけは誰もが同じだけ計り与えられているのではないかと思う時はあった。人間はただそれをどう配分して使うかなのだ。

幼い時に楽しい日々を一生分使い尽くしてしまう人もいれば、私のように、子供時代はあまり楽しいことがなかったから、大人になってからも、まだ幸福の貯金をたくさん使い残していると思われる境遇もある……。

「ババちゃんの土地」

164 「帰らないことを選んだ人もいるのよ。家族から、永遠に姿を消すことを選んだ人もいるわ。都会はそういう人を呑み込んでるでしょう」

「それは報復だね。けちな人間の考えることだよ。おおらかにね、帰ってやれよ。帰るのが動物と人間の自然の運命なんだから」

「中吊り小説『帰る』」

165 妻に一度も優しさを見せない人なんてだめですね。どんなに小さくてもいいから幸福な思いをさせたことのない夫なんて、多分、それだけで、その人の人生は失敗なんですよ。

「一枚の写真」

166 私は友枝さんに、今は大切な人を失った喪失感で動転している時期なのだから、将来についての大切なことを今すぐ決定することだけはやめて頂戴と言った。それは私の知恵ではなかった。私は数年前にリン・ケインというアメリカの女流ジャーナリストが、癌で夫を失う前後を記録した『未亡人』という本を友人と共訳して、その幾つかの部分に深く共鳴したのである。

その一つは、大きな運命の変化に遭った時、人間は決して直ちに重大な決断をしてはいけないということであった。夫を失うというような補塡しがたい喪失を体験した時、人間は慌てて何か次のステップを踏み出して、自分を立て直そうとする。しかし平静を失っている時に、正当な判断ができるわけがない。少なくとも、一年くらいは、人は悲しみと疲労で傷ついた体と心を休め、その傷の痛みが少し和らいだ時になって、初めてこれから先の生涯を、亡くなった人が喜んでくれるような形にすべきだというのである。

生来気短《きみじか》な私も、年齢のせいで、次第に流されて生きることができるようになってきていた。希望しないのではない。しかし運命を逆転させようと思ってもとうていだめな時期がある。流されて生きることも辛くはないが、その間に周囲を眺める余裕を持てたらそれもいいと思うようになったのである。

「バァバちゃんの土地」

167

人は何を結婚の理由にしてもいいのである。

世間には、どうしても美男好みという女性もいる。

「あんな、にやけてるだけで、知性でも何でもない人のどこがいいんでしょうね」

と傍《かたわら》が言うことではない。背が高くないと嫌だという人。どうしてもスポーツマンがいいという人。音楽がわかる人でないと困るという人。お金持ちがいい、というのはまあ平凡な選択だし、長男でない人、というのも、ちゃっかりして計算のうまい人である。

しかし何でもいいけれど、私の実感としては、希望の順位だけははっきりつけておいた方がいいと思う。

お金持ちで、家柄もよくて、背が高くて、次男で、いい学校を出ていて、お仕事も有望な人、というのでは実現性がない。お金持ちがいいなら学歴を捨てるか、親つきであるのを承認しなければならない場合も多い。

その一つを求めて、後のことは一切捨てるべきだと私は思う。多分一つだけを求めて、後を捨てることを、もしかすると恋愛結婚というのである。

「悲しくて明るい場所」

168
結婚というものは、うまくいけばこんなに賑《にぎ》やかなものはないが、どこか満たされないものを感じていると、こんなうっとうしいものはない。その人の結婚がうまくいっているかどうか、すぐわかる（ように思う）方法がある。

それは、その人が話の中で配偶者のことについてよく触れるかどうかなのである。別にほめなくていい。悪口でもいいのである。しかし、配偶者のことを全く喋らない人は、どこか結婚生活が満たされていない。

「悲しくて明るい場所」

169
親というものはいつも子供を天才と思う愚かさを許されるものですから。

「讃美する旅人」

170
平凡ということは偉大なことなのだ。ことに子供は、少しも革命的なことなど願わない。孤児になることを願ったり、酒に溺れたり、旅をし続けることを積極的に望む子供はまずいない。大人は「未婚の母」でも「未婚の父」でも好きなことをすればいい。しかし子供は、人と同じように育つことを願う。それは動物として当然なのだろうと思う。何万羽というウミネコは、同じような時期に孵《かえ》り、同じような巣、同じような母鳥、同じような海風、潮、波の下で大きくなる。

人には凡庸さがあってこそ、むしろ個性ができ、人生全般に関する眼も深まるのだと思うのはまちがいだろうか。

「悲しくて明るい場所」

171 母に自分のほんとうの気持ちを打ち明けなくなったのはいつからのことだろう、と亜季子は思った。もしかするともう高校生の頃からかもしれない。年齢が低い時ほど、「親になんか言ったってわからない」と思ったものである。しかし次第に、親に心配をさせない方がいい、と思うようになった。それから更に少し歳を取ると、親に状況を説明することなど、面倒くさくてとてもできない、と思うようになった。

そう思うのは、娘だけではないと思う。母もある時から決して自分の気持ちを正直には言わなくなっているはずだ。母も自分の感情にめろめろになってしまえば、娘には「何でお母さんを置いて外国へいくのよ」とか「親はこれから年寄る一方なんだから、私が将来病気にでもなったらどうするのよ」などと言いたくなるだろう。しかしそんな甘えたことを言えば言うほど、親子の中は醜いものになる。

「燃えさかる薪」

172

息子は息子、親は親だ。親が偉くても、息子が出世しても、それはお互いに無関係である。

快いのは、自分を失わないことだ。出自を冷静に覚えていることだ。そして自分を失いさえしなければ、その人はどんな偉大な親や子の傍でも輝いている。

「流行としての世紀末」

愛は人を造る

173　悲痛な愛は、途中で何度も挫折しながら、何年もかかって大きな建物を地道に建造するのと同じ操作で完成する、ということなのです。

それにしても知識は思い上がりと破滅を暗示し、理性の愛だけが人間を造る、という判断は何とユニークでおもしろいのでしょう。

「聖書の中の友情論」

174　偉大になることに血道を上げる奴もいるとすれば、自分が小さくなることに安らぎを見出す人間もいる。それは、常に大きなものになろうと背伸びし、大きなものがいいものだと信じ、大きなものにしか存在の価値はないと思い込んで来た常識に対する不遜《ふそん》な反抗の快感であった。

「天上の青」

175——私は生涯定職に就《つ》かなかったおかげで、友達はたくさんいる。誰にとっても私はライバルではなく、誰も私を羨む人はいなかった。同級生のすべてが私よりはましな生涯を送ったと思っている。

だから、誰もが私に寛大であった。私は一段低く見られることで、人の心の決定的な醜《しゅう》悪《あく》さを見ないで済んだだけでなく、優しささえ垣間見《かいまみ》た。「讃美する旅人」

176——何よりの贅沢は、私が自分の愚かさをあまりエスカレートさせるような人間関係の渦に巻き込まれず、それだけでなく、賢い人やひたむきな人や偉大な魂を持った人には、無数に出会えたことだった。私に人間の自然な生き方を教えてくれたバァバちゃんもその一人だった。それは望んでもできることではないことを私は次第に気づくようになった。もものは金を出せば買える。しかし私が尊敬するような方と親しくして頂けるということは、私の意図だけでできることではない。

私がたくさんの爽やかな人物を知ったのは、私が彼らを選んだからではなく、私がそれらの人々から（光栄にも）選んで頂けたからである。その人々は小さな星のように、私の頭上に輝いていた。いわゆる世の中の恋人とは違うかもしれない。しかし人生の最後の頃、私だって蘭《らん》を作りながら、それらの人々のことを遠くから考えなおすとしたら、それはもう恋の思いと同じだと私には感じられるのである。

「バァバちゃんの土地」

177

「これは僕が警察官だということを離れての質問です。あなたは宇野富士男のことをいつも敬語で喋る。どうしてです」

「人を殺したんですもの、呼びつけにして当然ですわね」

雪子は檜垣の質問に考えながら答えていた。

「でも、私は昔母から、人を見てものを言うな、って教わったんです。職業や社会的地位をすぐ計算して、偉い人には丁寧な口をきいて、そうでない人には見下げたような言葉遣いをするほど、浅ましいことはない、って骨の髄まで覚えこまされたんです。

宇野さんのことをどれだけ罵倒なさってもいいのは、あの賢ちゃんってお子さんを殺されたご両親だけですわ」

「天上の青」

178 今世間は、やりたいことをやることが生き甲斐だ、というようなことばかり言ってるけど、それは多分ほんとうじゃないんだよ。だから不満な人ばかりいることになる。したいことじゃなくて、するべきことをした時、人間は満ち足りるんだ。

「燃えさかる薪」

179 人間は歪んだ社会の中でも香ることを学ばねばならない。

「夜明けの新聞の匂い」

180 香りの主は、ハワイから来たカトレアであった。この平凡な花が、カトレアにしては珍しいほどの香りの持ち主だったのである。

総じて香りのいいものほど、外見はぱっとしないということを発見したのは、その頃である。

「バァバちゃんの土地」

181——人間でも同じである。見かけは目立たなくて、ただ滅法香りのいい人に会ったことが何度もあるのである。

「バァバちゃんの土地」

182——復讐をしたいなら許すことだ、とパウロは言う。許しこそ実は相手の頭を焼きつくす恐ろしい炎なのだ、とパウロは言う。

「燃えさかる薪」

183——もちろんそこに鳥がいるからこそ、「マタイによる福音書」の十三章に出てくる譬《たと》えが語られていることがわかるのです。どういうお話か、あなたはご存じと思いますが、例の種蒔《ま》き人の話です。ある人が種を蒔いた。道端に落ちた種は、鳥に食べられてしまった。石だらけの土に落ちたものは、すぐ芽を出したけれど、日が当たると石が含む熱気に焼かれてすぐ枯れてしまった。茨《いばら》の間に落ちた種もあった。それは茨が塞いで、結局は芽が伸びなかった。しかしよい種で、よい土に落ちたものは、三十倍、六十倍、百倍にもなった、という話です。

この話が教えるところは人には運がある、ということなのかしら、と私は前田さんの奥さんに聞いてみたことがありましたが、その時、前田さんはちょっと困ったような表情をされました。あまり、私がとんちんかんな解釈をしたからでしょう。これはつまり、神の言葉を聞く人とそうでない人とのことなのだそうです。よい土とは、種を育てる土が深く耕されて、石がなく、どこまでも柔らかいことなのだと言われた時、私は少し心が震えました。私の求めていたものもそうだったのだ、という感じだったのです。私は家族に柔らかい心を求めていました。私が少しおかしなことを言っても、わがままだと思うことをねがっても、それはそれとして包んでくれる心でした。

しかしそれは見果てぬ夢だったのでしょう。不服を言ってはならないと思います。聖書が譬え話にしなければならないほど、そういう柔らかな心は貴重なものなのですから。

「ブリューゲルの家族」

184　パウロは、私たちがほんものの幸福を手にすることのできる鍵を三個示す。その第一は喜びを見つけることである。これは、一つの才能だと言っていいかもしれない。私はほかの才能には自信がないものがほとんどなのだが、喜びを見つけることだけはかなりうまいと思う時がある。この自信はいささか面映《おもは》ゆいが、多くの場合、喜びは尊敬や賛美と抱き合わせになっている。つまり私の場合、喜びの背後には、必ず私が不当に受けたとしか思えない人の好意があり、そこには私には全くない他人の才能のおこぼれに私があずからせてもらった、という現実がついていることが多い。

第二の「絶えず祈りなさい」という鍵は、私にはまだ一番弱いことのように思う。話相手に困ることはない。いや、ほんとうのことを言えば、常に誤解されて苦しむ人間にとって、祈りによって、すべてを見ていてくださる神に理解されること以外、心の休まる方法はないのである。

パウロは三番目の鍵として感謝を挙げる。これはまさに最後の決定的な幸福の鍵である。

実に感謝さえあれば、私たちは満たされている。感謝はことに老年のもっとも大きな事業である。もし人間が何か一つ老年に選ぶとしたら、それは「感謝をする能力」であろう。


「心に迫るパウロの言葉」

185 考えてみると、「感謝の人」というのは、最高の姿である。「感謝の人」の中にはあらゆるかぐわしい要素がこめられている。謙虚さ、寛大さ、明るさ、優しさ、楽しさ、のびやかさ。だから「感謝の人」のまわりには、また人が集まる。「文句の人」からは自然に人が遠のくのと対照的である。

「心に迫るパウロの言葉」

186 ここでは、盲人も、脚に問題のある少女も、何か人のために働こうとしていた。それをかわいそうだなどという人は誰もいないということは、新鮮な発見だった。修道院では、病人には人のために祈るという仕事が与えられる、という話をどこかで読んだこともある。健康な人は、毎日の作業があるから、どうしても祈りの時間が短くなる。その分を病人がカバーする。そしてその重大さからみれば、肉体的な作業をするよりも、祈りの方が大切だ、というのがその文章のテーマだった。

その時は、何だか変な話だなと思って読んだだけだったが、今ここでみると、重度の障害を持つ人でも、可能ならば何かの役に立つことを考える、という思想は、生きているように見える。なぜなら病むことも、健康とまったく同じ人生の一部だし、病む時でも、人は可能な部分で働き続け、他人に何かを与える存在であり続ける必要があるのである。

「燃えさかる薪」

187

「でも、皆胸を張ってるでしょう。ここでは、人に何かをしてもらうことが得なんじゃなくて、人を助けられることが誇りだ、って皆思ってるから」

「じゃ、やってもらう人は小さくなってる、ってことになるじゃありませんか」

照子らしい発想だ、と思いながら、亜季子は聞いていた。

「そんなことはないんですよ。病気の人が、手助けを要請してくれたからこそ、健康な人たちが、働けたんですから。その喜びを与えてくれたのは病気の人なんだ、って思って、皆感謝してる。だから、健康な人に出番を与えることのできた病人の方も、胸張ってますよ」

「燃えさかる薪」

188 どうしてそんなことをしたの、と時々友達に聞かれる。答えは簡単だ。その方は、私の家の門の前に倒れていたのだ。誰だって自分の門の前に人が倒れていたら、びっくりして助け起こし、水を飲ませ、大丈夫ですか、と言うだろう。私はそういう素朴な反応を示しただけだ。

「燃えさかる薪」

189 この世には「安心できる」状態などどこにもあるわけがない。「人にやさしく」というのは、最近はやりの表現だが、地球にやさしくあるために自己犠牲が要り、人にやさしくなるためには時には自分が死ぬことも要求される。コルベ神父のように超弩級《ちょうどきゅう》に強い信念と勇気が必要である。

「流行としての世紀末」

190　神はおもしろいことに、人のために与える行為には、快感までつけてくれたのである。譬喩《ひゆ》はおかしいが、「性行為のように」である。これも性行為や飲酒と同じで、かつてこういうことをしたことのない人にはまったくわからない快感である。そしてそれは多分、人間の本質的なものと結びついている快感だから、信じ難いほどの健康さで安定しているのである。すなわち、人間は受けることを楽しいと感じる動物であると同時に、まったく知らない赤の他人にも与える本性を持つ動物でもあるからだ。これは、自分の群れの雌《めす》や、子供にしか餌《えさ》を与えることを知らない野生動物には例のないことであろう。
受けるだけしか興味がないと、精神の本質の健康が破壊される。人間が他人との間に持つ「授受の関係」は、肉体の呼吸や排泄《はいせつ》の仕組みと同じなのだろう。入れるだけで出すことがないと、それは死に近付いて行く。

「神さま、それをお望みですか」

191　私の持っている画集のどこかに、ブリューゲルの作品には謙譲と寛容が大きなテーマとしてある、と解説してありました。この二つは人生で麻薬のようなものですね。この二つの味を知ってしまった人間には、この二つがないと、悲しくて生きていけないのです。しかしおもしろいことにこの二つはどちらも「要求」するものではありません。政府にも他人にも、会社にも学校にも教会にも、その二つを持て、と命令すべきことではありません。

それ故にそれらは、時代遅れ、はみ出した感情、ばかな情熱なのです。それは自分だけに要求するもので、もし自分以外に人がそれを示してくれたら、無言の尊敬と感謝のまなざしを遠くから注ぐ、そういった類のものなのではないでしょうか。

「ブリューゲルの家族」

192　最善の結果などというものは、そうそう世間で得られるものではない。だから私たちは、次善を選ぶ。次善を許さない発想の社会というのものは、私には却《かえ》って恐ろしいのである。

「流行としての世紀末」

193 子供を生めばいいというものではない。子供がなくても、人間として与えて生きた人は、すでに彼が生きて来た証《あかし》を、後世に伝えたという自覚をもてる。最後の日にその人は、なすべきことをした安らぎのうちに死ねるのである。

「人々の中の私」

194 与えるほうもむずかしいけれど、受けるほうもまたむずかしいですね。あわれでもらった、と思うと人は屈辱を感じます。私だって知らない人に、ぽんとお金を投げ出されたら、ちょっと腹がたつかもしれませんもの。

しかしそこで気の持ちようもあると思います。つまり、あわれみを受けるのは、光栄だ、と感じることです。それと、あわれんでくれる人を尊敬することです。尊敬する人から何かを受けとることができるなんて、自分がいい人だからだろうか。とも思えますものね。つまり私がもしあなたから、あわれみを受けられたら、これはほんとうに最高だ、と思うのです。尊敬というものは、不思議と、すべての行為の意味を高める、と私は信じているのですが……。

「聖書の中の友情論」

友情に必要なのは深い感謝と尊敬である

195　友情に関しても、自分がまだ相手をほんとうに知ってはいないと思うこと。これが友情の基本だという気がします。どんな親しい友人であれ、自分はあの人を知っていると思うことじたいが恐ろしいことですし、非礼でもあるのです。
何かを知っているという自覚も楽しい。それは世界を理解する方向を拡げ、情熱を燃やしてくれるからです。
しかし知っていない、と思う感覚もまたみごとです。それは世界を知ろうとする情熱と謙虚さを、地道に支えてくれるからなのです。

「聖書の中の友情論」

196　友情に必要なのは、深い感謝と尊敬であろうと思う。

私は恋愛でも、その感情の基本が尊敬であったように、友情においても、尊敬がそのスタートラインであった。相手に尊敬を抱くことができるかどうか、半分は相手次第だが、半分は自分の才能だとこの頃、私は思うことにしたのである。相手の嫌いなところを見抜くのも眼力かもしれないが、誰にでもある数々の欠点の中に魅力を見出すのも、私の才能の一つだと思う方がいい気持ちなのである。

しかし友人の本当の出番は、相手が何らかの意味で、不幸に出会った時だと思う。健康で、順調に暮らしている時には、ほっておいてもいい。しかし相手が肉親を失ったり、病気になった時こそ、友人は出て行くべきなのである。目的はたった一つ、ただその人と一緒にいるためである。時間というものは偉大なものだ。一日、一週間、一年が経つごとに、心の苦しみは少しずつ苛酷でなくなって行く。その過程にできるだけ立ち会うことが友人の役目なのである。

誰かと共にいる、ということほど温かい思いになることはない。共に家族がいる間はそれが最高なのだ。しかしその人がいなくなり、空虚な空間ができた時、それを埋める役は友人しかいない。

「悲しくて明るい場所」

197　よく世の中には自分の弱みをまったく見せない人がいます。それは確かに一面では、気力の強さであり、慎みなのでしょう。しかし、友達がいない、という人の多くは、自分の弱みを見せない人なのです。つまり内心では、へこたれてもいるし、悔しくて泣きたい思いでいるのかもしれないのですが、それをうっかり言ったら、世間に悪評を広める材料を提供するだけ、と思いこんでいるのです。

「聖書の中の友情論」

198　私たちとしては、突如として立派になることもできませんから……悲しいことですが、自分は誰に対してもほんとうのいい友ではないのだ、ということだけを、常に心に銘記しておくほかはないのでしょうか。

「聖書の中の友情論」

199　私たちは相手のためを思う善意の言葉は、常に優しいものだ、と思っている。しかしパウロはそうではない、と言うのだ。その言葉は「塩味のきいた」ものでなければいけないという。それは、ただ優しく相手に迎合することでなければ、無条件に相手を支持することでもない。それは相手にとって真に役に立つ言葉でなければならないという。

「心に迫るパウロの言葉」

200 多くの人が、自分は友人に親切だと思っています。しかし彼らも、親切を尽くすことで、ほとんど自分は何も傷ついていない。ほんとうの友情は、自分がそのためにいやな目に遭うことも含まれているのだと聖書は言うのです。何の犠牲も払わずに、ただ楽しいだけで、友情がなり立つと思ったら、それは甘い考えなのでしょう。

「聖書の中の友情論」

201 友人や見知らぬ人を援助するという時、私たちはいささかのお金や時間、労力などを差し出すことを考えています。しかしそのお金も時間も労力も、決して大きく自分の生活を狂わすほどのものではありません。自分がそのために、社会的に葬《ほうむ》られたり、生命や健康の危険に曝《さら》されたりするようなこともありません。憎しみの対象以外の何ものでもなかった相手に対して、決して報復しないどころか、その人の幸福のために積極的に動くということもほとんどしないのです。

究極の友といえるのは、その人のために血を流せる人だけです。

「聖書の中の友情論」

202 聖書がみごとな光として規定している山の上にある町の灯も、燭台《しょくだい》の灯も、決してサーチライトのように一つの方向だけに向かって光るものではなく、付近の空間をあまねく照らすものでした。
これは友情を考える時に象徴的なものでしょう。

誰かのためだけの光ではない、いい友情を育てる光は、とりもなおさずもっと多くの人に影響を与えるものだということでしょう。

「聖書の中の友情論」

203 イエズスが注目しておられたのは、決して華々しく着飾った金持ち階級のことでもなければ、権力を持った人々の動静でもありませんでした。イエズスは一人の、身なりも貧しげな、従って誰もその存在にほとんど心もとめないような女が視界に入って来たのを、じっと見ておられたのです。

そして彼女がほとんど小銭といいたいほどの金、しかし彼女にとっては持っている有金の総べてを捧げたのを、ちゃんと心にとめておられたのでした。

多分私たちがほんとうに困った時に、助けてくれるのは、決して経済的に余裕のある人でもなく、権力者でもないのです。それは、苦しみと悲しみを知っている人、なのです。そう思って私たちは友情を見直すと、また新鮮な感動を覚えるのではないかと思います。

「聖書の中の友情論」

204

私は何もすることができなかった。私は自分が人に何もできないことを、この時骨身にしみて感じた。できることがあると思えるのは、僥倖《ぎょうこう》か錯覚かのどちらかであった。

「神さま、それをお望みですか」

205　この披露宴の招待客の譬《たと》え話を借りてイエズスが言われたのは「謙遜の勧め」ということなのでしょうが、私は友情の基本は「あの人には自分にないすばらしいところがある」と思うことだと思っています。つまり友情の基本は尊敬だ、ということであり、それは、友と自分が社会的にどういう位置にあろうと、常に自分は相手を仰ぎ見る、という基本姿勢なのだろうと思うのです。

その理由ははっきりしています。

神の眼から見た評価と、この世の評価とは違うからなのです。　「聖書の中の友情論」

206　イエズスは、その救いの偉業を果たされるまでは、世間の評判になることなどまったくお望みにならなかったのです。むしろそういうことが、ご自分の「仕事」の妨げになると考えられたのです。

しかしそれにも拘《かかわ》らず、イエズスは結果的に、病気を治してくれ、と言って心からイエズスに助けを求めて来た人々の願いを聞きいれてしまわれました。イエズスが病気を治してやらなかったのは、ただイエズスの力を計算で利用しようとした人々に対してだけでした。

私たちの中に、苦しい人を見ると、いてもたってもいられない、何とかしてあげられないか、と思う気持ちになるような力が秘められているとしたら、それは神の雛形《ひながた》にも似たすばらしいものです。そしてそれが友情の原形でもありましょう。

「聖書の中の友情論」

207 あの人はいらない、という人はありません。問題続きの初代教会をまとめていかなければならなかったパウロには、そのことがよくよくわかっていたのです。

心情的な友情を持つだけでなく、友の存在を感謝することに、冷静な認識の部分もあるべきだと、私は思っています。「すべての人のおかげで成り立っている世界」という概念があれば、友人を大切に思う姿勢が自然に深いはっきりした根拠を持つことになるのです。

むしろそういう理性の友情が、深い敬愛を誰にも持てることに繋《つな》がるのではないでしょうか。

「聖書の中の友情論」

老年の幸福　死の意味

最後の働きをしたい

208 人間は、老年になったら、いかに自分のことを自分でできるか、ということに情熱を燃やさねばならない、と私は思う。それは、その人のかつての社会的地位、資産のあるなし、最終学歴、子供の数などとは、まったく無関係の、基本的人間としての義務だと思う。つまりドロボーをしないかとか、立ち小便をしないとか、いうのとまったく同じくらいの、社会に対する義務である。

「近ごろ好きな言葉」

209 私は働くことを、働かされる、と受け身で感じる老人にだけはなりたくない。死ぬ日まで老人としてお役に立てる健康を望み、それが可能になる社会を逆に作ってほしいと願っている。私は幾つになっても人生を能動形でとらえ、他人のために最後の働きをさせて頂くことを光栄と思いたいのである。それが私にとっての幸福の形だからだ。そして私と似た考えの人が少数でもいるなら、そのような考え方の人の好みも、また生かして頂きたいと思う。

「狸の幸福」

210 私が自分の年を感じるのは、重いものが持てなくなったと思う時である。だから出先でお土産をもらうのが一番困る。自負も名誉も社会的責任も、何にせよ、重いものは老年の体には一番醜悪で、体に悪いのである。

「近ごろ好きな言葉」

211 人生の半分を生きて、これから後半にさしかかると思うと、好きでないことには、もう関わっていたくない、とつくづく思う。それは善悪とも道徳とも、まったく別の思いであった。一分でも一時間でも、きれいなこと、感動できること、尊敬と驚きをもって見られること、そして何より好きなことに関わっていたい。人を、恐れたり、醜いと感じたり、時には蔑《さげす》みたくなるような思いで、自分の人生を使いたくはない。この風の中にいるように、いつも素直に、しなやかに、時間の経過の中に、深く怨《うら》むことなく、生きて行きたい。

「燃えさかる薪」

212 私が不思議なのは、人は人生の最後に来て、どうしてもっと深く絶望しないのだろう、ということだ。七十年も八十年も生きて来て、まだこの世はいい所であるはずだ、とか、息子や娘だけは自分を捨てないだろうとか、甘いことを考えているのが信じられないのである。この世ではどんなことでも起こりうるのだから、いちいち驚かず、ただ憎しみを最小限度に抑えて暮らす方法を考えたらいい。

捨てたいというのが息子や娘なら、捨てられてやればいい。財産を失って、路頭に迷うなら、それもいい体験というものだ。その結果、一層悲惨な生活を送らねばならなくなったら、きっと早く死ねるという幸運がある。

孤独と絶望こそ、人生の最後に充分に味わって死ねばいい境地なのだと、私は思う時がある。この二つの究極の感情を体験しない人は、多分人間として完成しない。もちろん誰もが、端然《たんぜん》とみごとにそれに耐えるわけではない。我々の多くが、そこでたじろぎ、泣き言を言い、運命を呪《のろ》う。しかし、だからと言ってその境遇が異常だということでもないし、その人が人並み外れた不幸に直面しているのでもないのである。人生の原型は不幸が基本なのである。

今の人は知らないが、昔は若者が孤独と絶望という二つの言葉を使いたがった。しかし、それは片腹痛いというものである。若いというだけで、絶望も孤独も本当の意味を味わうことはできない。孤独と絶望は、勇気ある老人に対して「最後にもう一段階、立派な人間になって来いよ（死ねよ）」と言われるに等しい神の贈り物なのである。第一、深く現世に絶望してこそ、死ぬのも楽しみになる。　　　「昼寝するお化け」

213　年をとったら、ゲート・ボールをして遊んでいればいいということではないのだ。人間はほんとうは何歳になろうと、体が健康なら食べるためだけは働く、という基本的な義務がある、と思う。その上でさらに厳しく働いて大金を貯めようと思う人と、時間ができたらヒルネをしようと企む私のような人間とに分かれると思うのだ。

高齢社会になって、生産をしないで、遊んで暮らす人が増えれば増えるほど、若い世代は苦しい思いをする。だから、私たちは基本的な生活を保つ程度の労働は、病気でない限り幾歳になってもやめてはならないのである。働く場所がないのなら悲劇である。世界中には、青年ですら働く場所のない国家・社会がいくらでもある。しかし幸いにも今の日本はそうではない。

「昼寝するお化け」

214　年を取るということは、切り捨てる技術を学ぶことでもあろう。そしてそのことを深く悲しみ、辛く思うことであろう。ただ切り捨てることの辛さを学ぶと、切り捨てられても怒らなくなる。

「狸の幸福」

215　すべての人がその年に合った生活の方法を要求される。寿命という言葉は、ギリシア語で「ヘリキア」と言うが、これは寿命と共に「その年齢に合った職業」という知恵が隠されている。つまり青年は運動選手に向くが、中年はもはやスポーツで記録を出すことはできない。しかし中年以後にいい仕事ができる医師のような職業もある。そして老年には、青年時代、中年にはない、深い観照の能力が生まれる。その時々の精神の寿命を私たちは十分に使い切ることがみごとなのである。

「近ごろ好きな言葉」

216 今あなたが受けているものに、感謝をなさったらいかがですか、と年寄りに言うと、あんな息子や娘に感謝できるか、とか、こんな冷たい日本政府に感謝できるか、って言うんですってよ。

息子・娘や政府に感謝しなくてもいいんだけど、日本に生まれたというだけで、私たちはずいぶんトクをしていることがわからないと困るなあ。その上、私たちは誰でも、今までの人生に、必ず人から何かをして頂いているのにね。だから自分が好意を受けた分の幸せを、くださった相手にではなくていいから、誰かにお返しする気持ちになったらいいのに、と私は思うんです。でもこの頃は、してもらって当たり前、という子供と年寄りが多すぎるんですって。感謝をする、ということは道徳の問題じゃないのよね。それは快楽を得られるかどうかの問題なんですよ。

「親子、別あり」

217 そもそも、臓器移植を二つの生命の価値で決め、ドナーは損をする側で、レシピエントが得をする立場だと考えるような発想こそ、驚嘆すべき貧困な精神の所産である。そこには物質の所有に関してしか、豊かさを計る目安がない、ということを示している。

「狸の幸福」

218 聖書にも書いてあるけど、断食する時には頭に油を塗って元気そうな顔をしろというの。そういう美学なの。要するに断食して信仰熱心だということを宣伝するようなことをするな。していても隠せ、ということなのよ。

何かの運動で、哀れそうな顔をして、街ん中の人前でやるようなハンストなんていうのは、キリスト教的にいえば、醜悪の極みなんです。そういうのは、ただの見せびらかしであると、聖書には書いてある。

「大声小声」

老年の特権

219 老年というものは罅《ひび》の入った茶碗のようなものだ、という表現は当たっていると思う。そのままていねいに扱えば、壊れるということもない。しかし少しでも無理をさせたり、環境を変えたりすると、ぽろりと壊れてしまう。

「天上の青」

220 年をとると、多かれ少なかれ甘いものが好きになって、ケチになるのだそうだ。甘いもの好きの方は比較的対処が簡単だ。もう人生のいいところは生きたのだから、後は食べたければ食べて命を縮めればいい。しかしケチの方は少し厄介である。何でもとにかくお金を出すことはいやだとしながら、やはり生きていかねばならないからだ。

だから私は、お金を出さずに楽しめる方法というのを、今のうちに、幾つか考えておくことにしたのである。

第一の方法は、タダで外出先を見つけることである。方法としては、教会通いと法廷の傍聴がある。教会通いは、まあ私の内面のことだが、裁判を聞くのは、テレビドラマを見るよりははるかにおもしろい。しかも入場料タダ。法廷は劇場以上に冷暖房完備。清潔、静寂。食堂・売店安価。第二の方法はもうそろそろ始めているのだが、古い新聞の切り抜きを読む楽しみである。

「大説でなく小説」

221 そこにはただ、まことに悪気のない、つつましく健全な庶民の集団がいた。世界中で富が平均化され、豪華客船がかつての差別に満ちた驕慢《きょうまん》な時代の終焉《しゅうえん》と共に完全に流行遅れとなった頃に、我々庶民が猿まねを始めたのだという気がしてならなかった。そして庶民中の庶民である人々がそのような猿まねができるようになった最大の理由は、年金制度であった。船は年金制度に占領されていたのである。そして年金制度は、つまりその資格を得るために厳密に一定の高年齢を要求したのである。

「讃美する旅人」

222 世の中には、私をも含めて「種播き人」とでもいうべき奇妙な人種がいるのである。彼らはとにかく種さえみれば播いてみる。枝があるとさしてみる。根があると埋めてみる。この性癖を持つ人種は、男女老若職種を問わない。一種の原始的本能だろうと私は見ているが、唯一の取り柄は、彼らは多分、定年後も退屈することはないだろう、ということだけである。

「バァバちゃんの土地」

223 冒険をしよう。中年以降の特権は、冒険をしてもいいということだったに違いない。若い時は、私たちは親や子供のために生きていてやらねばならない。しかしある年になれば、もういつ死んでもいいのだ。私はほんとうに今自由なのだ。冒険は若者のものではなく、むしろ老年に贈られた輝かしい特権だということを、私は今まであまり聞いたことがない。

「バァバちゃんの土地」

224 「塀というほどでもないんですけど、裏庭に花壇でできた一種の境界線がありましてね。その向こうに、保育園があって、ホスピスの職員の子供も預かっているんだそうです。そこの子供たちが庭先まで、ちょろちょろしているのを、病人たちも眺められるんです。

いいもんですね。子供の存在自身が慰めだってことが僕にもよくわかりました。たとえ自分は死んでも、子供を見てると、生命というものが、どこかで続いていくことを実感できますからね」

「でも日本だったら、死にかけている病人の傍に子供をおいておくなんていけない、というような理論がでるでしょうね」

「僕もその手の質問をしたんです。そしたらボランティアのおばさんが『子供たちは、たとえ意識しなくても、そんな大きな慰めを与える役に立てて光栄なんです』と言ってました。『彼らは大きくなって、ホスピスの保育園にいたことを知ったら、誇りに思うでしょう』って」

「一枚の写真」

225 「でも、私はほどほどの豊かさを恵んで頂いた。だからここで暑くも寒くもないし、不潔でもないし、お腹も空いていないの。私のことを気にかけてくれるあなたみたいなお友だちまでいるでしょう。だから皮肉なことに寂しいのよ」
「こういうあまりにも透明な景色も精神によくないんですよ。月は光っているし、海はいつも躍っているし、花も椰子《やし》も陽気だし、月だけでなく月の傍に、ああして星まで光ってるじゃありませんか。きれい過ぎるんだよ。ここの風景は」

「なぜ、きれいな景色が悲しいのかしら」

一瞬、夫人は子供のような聞き方をした。

「現世でなく、永遠を思うからですよ。そうすればどんな人間も、死にぶつかるし、それは別離だし、別離の先には孤独があるんだから」

「老年というものはね。寂しさに耐えることなのよ。それも一刻一刻ね。寂しさと正座して向かい合っていなければならないの」


「一枚の写真」

226 私、老年というものがこのごろわかって来たの。年取ったら、深く悲しんでもいいけど、怨んじゃいけないのよ。深く悲しむと、きれいな人になれる。でも、怨むのはダメ。お肌に悪いの。

「一枚の写真」

227 私は母の人格の変性は、老いからくる一種の病変の結果であろう、と気付くことができた。人間の死は、決して一度にやって来るものではない。人間は老いと共に、長い時間をかけて部分的に死に続ける。そのことを私は知らなかったのである。

人生が五十年であった頃、人間は、肉体の死によって精神の働きも消えた。五十年という年月は実によく考えられた時間であった。五十年までなら、人間は運動の障害もなく、眼や耳などの感覚器官もかなりよく残っており、生殖の機能もある。ということは、そこまでが、動物としての人間の生きるに値する期間なのである。だから、人間は人生五十年が妥当だったのだが、一つだけ五十年を過ぎてもまだ、深まるものがあるから簡単には答えがでないのである。

それが、ものを見る目である。実際の視力は五十くらいで次第に「落ち目」になる。しかしいわば精神の働きとしての眼力は違うのである。

もっともこれも、どこまで続くという保証はない。そして精神の働きはまだ深まりつつも、人間は、歯が抜けるとか、足が効かなくなるとか、重いものが持てなくなるとか、動脈硬化が始まるとか、持病の状態が悪くなるとかいう形で、少しずつ死に向かうのである。

この部分的死についての学習もまだあまり系統だって成されていないのである。

病気や苦しみが、人間をふくよかなものにするというケースはよくあるのだが、それはその時今まで自信に満ちていた人も、信じられないほど謙虚になるからである。そして謙虚さというものは、その人が健康と順境を与えられていた時には身につけることがなかなかむずかしい、かぐわしいものなのである。

その時、その人の視野は、一挙に飛躍的に拡がる。その時、初めてその人は自分がこの地球上で生きる間に占めていた地点が、どれほどの小さなものだったかを知るようになる。庶民だから小さな点ではないのである。皇帝でも大統領でも、どの人がいなくなっても、この地球はまったく困らない。常に代わりがいる。

「夜明けの新聞の匂い」

228　中年から老年にかけて人間はさまざまなものを失って行くが、そこに実はほんとうの人間としての闘いがあるのではないだろうか、と私はこの頃考えるようになった。老化と病気とは、どこで切り離したらいいか私には分からないが、うまく年を取っている人はそれほど多くない。老年というものほど勇気のいる時代はない。しかもその勇気も外に向かって闘争的に働きかけるものではなく、自分の中に沈潜する勇気である。

しかし次第に人生が見えてくると、人間が自分でなしうるのは、多くの場合与えられた偶然に乗っかっての結果だということが分かってくる。すると、「溢れるほどの感謝」というものが、ごく自然にできるようになる。

老年ばかりでなく、人間の一生が幸せかどうかを決められる最大のものは、感謝ができるかどうかだと思うことはある。不幸な人は、その人の周囲の状況が悪いから不幸になっているのではない。自分が現在程度にでも生かしてもらっているのは、誰のおかげか考えられなくなっているから、不満の塊になって不幸になっているのである。

「心に迫るパウロの言葉」

229 老年は、もうどっちへ転んでも大したことはない。何しろ持ち時間が長くないのである。仕事の責任も多くはない。残っている仕事は重要なことが一つだけだ。それは、内的な自己の完成だけである。この大きな任務が残っているということについて、まったく自覚していない老人が世間に多すぎる。もちろん自覚したからと言って、私たちがそのことをうまくできるというわけではない。私たちは若い時から、常に多くのことを望んでささやかな努力もして来たが、必ずしもそれを手にしたわけではなかった。しかし老年は、若い時には忙しさに取り紛れてできなかった自分の完成のために、まさに神から贈られた時間を手にしているのである。

聖書には人間が物質だけで生きるものではないことが随所に書かれているが、パウロの手紙のこの部分なども、死ぬまでの時間が短くなった人々にとっては、ほんとうに有益なことが示唆されている。「感謝すること」と「与えること」と、である。

「心に迫るパウロの言葉」

230 よく昔の思い出を語るようになったら、老化している証拠だと言われますが、死は私にとって確固とした未来ですから、私は本当に前向きの姿勢なのです。

ただ、人間は五十から先の生き方が大切だとしみじみ思い始めました。それはその時期をすぎると、人間は一日一日弱り、病気がちになるという、絶対の運命を持っているからです。それは、負け戦《いくさ》にも似ておりますね。どのような人も例外なく揃《そろ》ってこの負け戦にくみこまれねばなりません。

癒《なお》りにくくなる病気、機能の退化、親しい者との死別、社会で不要な存在と思われる運命も待っていると思わねばなりません。このような状況に耐えられなくなるからでしょう、老人の自殺も実に多いのだそうです。

神父さま、このような時期に私たちはどう思って生きたらいいのでしょう。長く生きることが決してしあわせではないのだ、と思いそうになりますが、私はいつもすぐに、望んでも長く生きられなかった方々の手前、そのような身勝手は許されない、という気になります。

ただ唯一のおもしろさは、負け戦と決まっているものなら、ちょっと気楽という点です。まずく行っても、まあまあ当り前、万が一、幸運とまわりの方たちのおかげで、晩年がおもしろく、さわやかに、悲しみにも愛にも自制に満ち満ちているものになり得たら、これは本当に人生最後の芸術を創り上げることになりますから。

「別れの日まで」

病む時も健康な時も共にその人の人生である

231 ——「私ね、人間は、病気でも死でも別離でも、一人で耐えるほかはない、ってこと、知ってたの」

「天上の青」

232 —— 病気はしない決心をして、あらゆる予防処置をした方がいい。しかし、しなくて済むと思い上がれるものでもない。病気をみごとに病むことができるかどうかが、人間の一つの能力であり才能だと私はいつも思うのである。

「悲しくて明るい場所」

233 —— 病む時も健康な時も、共にその人の人生である。病気の仕方も、病人の暮らさせかたもまた芸術になり得る。

「大説でなく小説」

234 ほんとうに、どっちみち死ぬものなら、臓器は人にあげたいなあ。心からそう思いますよ。それがどうして今の状態では妨げられているんでしょうね。これは人権の侵害ですよ。あげたくない人はあげなければいいの。しかしあげたい人の邪魔だけはしないでほしいと思いますね。

「親子、別あり」

235 かねがね私が望んでいることだが、死ぬ日まで、たとえ病んでも、出来る限りの日常性を保たせるというやり方を、聖路加国際病院はすでに実践していたのである。病人は病気になっても、それまでの世間の約束ごとは続いている。生活も仕事も、中断できているわけではない。その日常性を保たせ、しかもできるだけ早く、退院させ、仕事や家庭生活に復帰させる。これが高齢者が増えるこれからの時代の老人の医療のとるべき道だろう。

「近ごろ好きな言葉」

236 臓器移植の倫理的基本は、提供したいという人と、欲しいという人との間で行うことしかない。上げたいという人は、その人の一生をかけた「趣味」でそう思うのだから、人にも上げなさいと言うことはないし、上げたくない人は上げたい人の自由意志と権利とを踏みにじらないことである。

「大説でなく小説」

237 思いがけなくその光景は、健やかな人と病む人との双方がいることこそ人生なのだ、ということを見る人に納得させた。もし健康な人だけだったら、世界は不気味なものになるだろう。そしてまた、その双方がいてこそ、この世は、陰影の深い成熟したものになれることを告げているようでもあった。

「燃えさかる薪」

238 薬は一粒も飲まないなどと頑張るのは性格が頑固な証拠で、その結果体の調子が悪くなると、今度は人を裁くようになるのである。

「燃えさかる薪」

239 災害、貧困、病気、と言ったものは、あらゆる人間の心理を露呈する。自己愛、身勝手、強欲、独善などが噴出する。

「流行としての世紀末」

240 楽しくないと病気は治らない。苦しくて、抑えられていて、好きなことができなくて、家族とも仕事とも娯楽とも引き離されていて、何で病気が治るものだろう。死の日まで、私たちが欲するのは日常性である。つまり死の瞬間まで、私たちは普通の生活がしたいのである。

それと同じように、病気になっても私たちはできるだけ普段と同じことがしたい。熱があったり、痛んだり、手術直後だったりすれば、そうはいかないが、そういう異常な状況が過ぎれば、すぐに日常性を回復しながら、病気を治して行くべきである。

「大説でなく小説」

241 体や心に病気を持っている人は、しばしば周囲の人の中から聖性を引き出します。

「ブリューゲルの家族」

242 「この子には伯母さんが一人いるんですが、私が『どうしてこの子だけ、神さまはひどい目に遭わせるんだ』って嘆いたことがあるんです。そしたら、その伯母さんが言うんですよ。『ひどい目になんか遭わせていないわ』って。『むしろ人よりお恵みをたくさんくださってるじゃないの』って」

「そんなこと……私には思えません」

亜季子は率直に言った。

「こんな可愛い子から健康をお取り上げになるなんて、私だって文句を言いますよ」

「ところがほんとだったんですよ。この子は、実に深く、誰からも愛されるんです。周りの人もだし、現にあなただって、この子には特別に関心を示してくれたでしょう」

「ご病気があるかどうかはわかりませんでした。ここがルルドでなかったら、ご病気ですか？　とも聞きはしなかったでしょう。ただ子供さんは少し痩《や》せていると思いましたけど」

「彼はとても幸福なんですよ。愛をいっぱい受けてますから」

「それを伯母さんは、神さまの贈り物なんだ、っておっしゃったんですね」

「彼女はもっとすごいことを言ったんですよ。苦しみを持っている人は、神が自分といっしょに十字架を担ってくれるようにお望みになって、特別にお選びになった人だと言うんです。それだけ神は、その人のことを深く心に留めておられると言うんです」

「燃えさかる薪」

243 不眠症にならないこつは、何ごとも盛大にやらないことだそうです。万事とぼとぼやる。全力投球が最も体に悪い。支店の数を増やしたり、従業員をたくさん雇ったり、大臣になろうと企んだり、高額所得者になろうとしたり、勲章を貰おうとしたりすると、いつかは自分の首を締めるようなことになるって思ってるんですって。さらに悪いのが、いい評判を取ろうと、努力することですって。

「飼猫ボタ子の生活と意見」

244 人間の壮年期の特徴は、休むということを知らないことである。

それは明らかに思い上がりなのだが、まだ体に不調がでないうちにいくら言っても、当人がそれを納得して、生活を改めるということは、まずしないものである。だから、人間は身をもって、厳しい体験をして、自分の限度を知る他はない。

それは手厳しいお灸《きゅう》である。ある人は糖尿病を発見し、ある人は高血圧になり、ある人は胆石に苦しむ。そうなって初めてその人は、自分の健康と体力が無限ではない、ということを知る。

「バァバちゃんの土地」

死はたった一度の優しい精神の独立の時である

245 「僕ね、生きている限り、この世は混沌《こんとん》なんだ、って思ってるでしょう。死ぬということはね、その混沌が突然、澄んだ理路整然とした体系に組み変えられることじゃないかと思う」

「夢に殉ず　下」

246 「幸福な時に死ぬことを考えたら、幸福でなくなっちゃうでしょう？」

「そんなことないんだよ。死ぬことを考えるから、今が倍も大切になるんだよ」

「夢に殉ず　下」

247 最近になって、私たちは公然と死を語ることが許されるようになりました。昔は、そんな話でもしようものなら、「縁起でもないからおやめ」と言われたものです。あなたも、先日雑誌にエッセイを書いておいででしたね。その中で「死には馴れ親しむほかはない」という言葉があって、しばらく考えさせられました。

馴れ親しむとおっしゃるほど、あなたのご家族は亡くなったのですか。あなたがお書きの通り、いくら馴れ親しんでも、所詮自分の番が来るまでは、それは観念に過ぎません。もうお気づきと思いますが、私は亡くなった人たちのことばかり異常に記憶している人間です。それというのも、世の中のすべてのことは、成り行きが最後までわからないのに、死ぬという最終の帰結だけは確実に決まっているということです。

私が最近、暇さえあれば、考えているのは、「人間がもし死ななくなったら」ということです。

死ななくなったらどんなにいいかと考えるのは本当に浅はかです。地球上に人が増え過ぎるのだということは別としても、死ななくなったら、ほとんどすべての人は、精神の異常を来すでしょう。永遠ということは、退屈を超えて、拷問《ごうもん》だからです。

あらゆる病人はひどい病気のまま永遠に生きなければなりません。それも辛いことですが、七、八十年頑張ればいいのではなく、永遠に仕事をしなければならないということになったら、人間の意欲も才能も続きっこないに決まっています。第一、どんなに不幸でも自殺ができないというのも恐ろしいことですね。辛い人間関係を終わらせることができない、というのは拷問に等しいことでしょう。

「ブリューゲルの家族」

248

希望を持って死を受け入れることができるには、幾つかの条件が要りますでしょう。望んだことをもう充分にやった、ということもその一つなら、愛し愛された、という自覚もそうです。この世が、ろくでもないところだったから、死ぬのはけっこう楽しみだ、と言う人もいましょう。私の知人の盲人の方は、まだ六十五歳くらいですが、自分の死ぬ時が本当に楽しみなのだそうです。死んだ瞬間から、見えなかった眼にぱっと光が入って来て、ただならぬ光景を楽しむことができる。「それを思うと楽しみですねえ」と言っておられました。

「ブリューゲルの家族」

249　死は万人に与えられたたった一度の優しい精神の独立の時である。
「七色の海」

250　私は死んだら、私の痕跡《こんせき》がきれいに消えることが最高だと思っている。本当に使用目的が他にもあるものなら別として、自分が使った古物など、申し訳なくて、誰にもあげられない。自分が死んだら、本も絶版にしたい。などと改めて言わなくても、この点だけは、簡単に黙っていても私の希望通りになるだろう。一般に「消えない死」などというものは、幽霊と同じで気味悪くてたまらない。
「狸の幸福」

251　田舎の道では、街路灯みたいなものもまったくなくて、月のない晩には懐中電灯を持って歩かねばならないことがありますが、それでも、道そのものが、私たちの行くべき所へ導いてくれるのね。しかし砂漠はいささかの方向性も私たちに示さないから、私たちは必ず二個の光源を持つべきだったのです。一つは自分がスタートしたところに置いて、そこを帰るべき地点として確認する。もう一つは自分が携行していく光で、それで足元を照らす。

世の中のことを、すぐ教訓的に見る、という姿勢を、私は好きではありませんが、私たちの生き方にも、常に光源が二つ要るというのは本当ね。目標を示す光と現実を見せつける光、というふうに解釈してもいいし、出発用の光と、帰って来る時のための光というふうに考えてもいいかもしれない。

帰るべき我が家の灯が見えないと、人は休まらないでしょう。その灯は私たちが死んでどこへ行くかということを示す光でもあるかもしれません。

「親子、別あり」

252
「大丈夫か？」

旦那さまは、微笑しようとしながら言った。

「ええ、大丈夫です。私、いつだって大丈夫なんですから」

その言葉には深い根拠はなかった。でも光子は、いつのまにか、「大丈夫です」と答えることをお母さんから習ったのだった。お母さんはいつも、そういうふうに答えた。風邪をひいている時でも、お金がない時でも、返事は同じだった。光子が問いつめると、お母さんは澄ましたものだった。

「大丈夫でない時は、人生で一度しかないのよ。死ぬ時だけ。でもそれは一回きりだからね」

「極北の光」

253　まかり間違っても、記念のものを残さないこと。記念碑、文学碑、文学館、死者の名前をつけた文学賞、財団、何もいりません。追悼集もそういう企画が万が一出てきた時は、心から感謝は申しあげて、出さない方が望ましい。

死者が消えなかったら、どうなりますか。地球上、亡霊だらけになってしまう。もし私にいささかの光栄が与えられるとすれば、それはほんの少数の読者の方に、数年の間だけ覚えて頂いて読み継がれることだけです。

どんなに無理をしても、死者も忘れられるもの。ことに文学碑ほど、醜悪なものはありません。あれこそ自然破壊の最たるものですよ。それに石に刻まなければ残らないような文学なら、消えた方がいいんだわ。

私は風景のきれいなところに、文学碑ができると、ほんとうに悲しくなるの。もしその風景をうたった名作を書き残しているなら、その風の音、夕日の輝き、しおざいの響き、山の香り、その自然すべてこそが、生きた記念碑ではありませんか。もしそこに私のたった一人の読者がおられて、そこで私がその風景を愛したことを覚えていてくださったら、それ以上の喜びはありません。それで充分。

それに、ほんとうのことをいうと誰も私の内面をとことん知っている人はないわ。追悼記というものを読んでみると、知らない人ほど、けっこう平気で書くことを引き受けたりしているのね。私は誰の追悼文も書けません。この世で誰一人として人の追悼記を書ける人はいないのよ。

「親子、別あり」

254 私が驚いたのは、サウジアラビアで殺されたファイサル国王のお墓がわからないこと。死後ほんの一年から二年とか、その程度ですよ。墓地というのは、塀がちょっとあるだけです。つまらない塀でした、ブロック塀みたいなのがあった。その中に、まったく事情を知らない日本人が見ると、どうしてこんなつまらない石がぼこぼこ置いてあるのだろうと感じると思うの。薄汚く埃《ほこり》っぽいところで、ビスケットの箱なんかが散らばったりしている。そこにハンドバッグぐらいの石があって、それも大きさも目茶目茶なのがごろごろある。それが墓なんですよ。字も何もない。

「ファイサルさんのは」

「たしかこの辺でしたが」

と言うのです。私は美しいと思った。彼は沙漠の民としての姿を守ったのですね。王様だからタジマハールみたいなのをつくるかと思うと、全然そうじゃない。やはり沙漠の民というのは、そうして忘れ去られる……。

「聖書の土地と人びと」

255 すべての人が、自分の生まれ合わせた同時代の、それも数年間か数十年間、お役に立って死ねばいいのである。組織も人も、いつかは消えて当然だろう。

「神さま、それをお望みですか」

すべてのことには終わりがある

256 人間にはすべてのことに終わりがある。そしてその終わりは少しも悲しむべきではない。闘い尽くした後の終焉はむしろ祝福の中にある。自然が、時が、実は神が「もういいよ。もうお休み」と祝福を与えてくれるのだ。その時人間は何一つ思い残すことなく、来世への旅立ちに向かう。

聖パウロもそのみごとな書簡の中で書いたのである。

「この世を去る時が来ました。わたしは、良い戦いを戦い、走るべき道程を走り終え、信仰を守り抜きました」(「テモテへの手紙　二」4・6〜7)「神さま、それをお望みですか」

257 友達があちこちで死ぬようになったら、私は深く悲しまないことにしようと、今から心に決めている。もちろんこちらが先かもしれないのだから、むしろ心配はこっけいでもある。ただもしこちらが後に残ってしまったら、友については、あまり語らず、ただ自分の思い出の中だけにその人のことを留めておくことにするだろう。反対の場合も、私は同じことを相手に望むからである。

まだ先輩の場合が多いけれど、どなたかが亡くなると、このごろは追悼集を作ることが多くなった。人はどんな希望でも、堂々と叶えるようにすべきである。しかし私は、このごろもう誰のことも書きたくなくなったので、その度に断るのに疲れている。どうしてそうなったかと言うと、人の一生は他人が到底わからないものだ、という思いばかりが深くなって来たからなのである。

最初は当惑から始まった。もうずっと昔のことである。どうして自分の話したことが、こういうふうに百八十度逆の意味に伝わるのだろうか、という煩悶《はんもん》であった。もちろん喋り方が悪いというのが第一の理由であろう。世の中には理路整然と、ものごとの筋道を明らかにして、しかも誰でもが分かりやすいように整理して話せる人もいる。しかし私はそうではない。座談会の速記録などを読みなおしていても、いかに私の感情が、くどくどと寄り道をしているかがわかる。

しかし考えてみれば、理路整然としないからこそ、小説も書けるのである。小説は本来その「彷徨《さまよ》う心」の部分を書くものだから。

私はまず、新聞などのコメントを恐れるようになった。自分で書くならいいけれど、まるっきりさかさまの意味の発言をしている自分と会うのは、やはりあまり気分のいいものではない。こういう時、若い時は烈火のように怒った。しかし最近では、怒る代わりにコメントもせず、人のことも書かない、という姿勢を守ることにした。こういう怠惰な守りの姿勢を取ることが「老化」の現われなのだろう。　「近ごろ好きな言葉」

258 死んだ後のことを私は何一つ望まない。死んだ後はきれいさっぱり忘れられるのがいいのである。長い間この世で「お騒がせ」して来たので、いい意味でも悪い意味でも「追悼号」などということを考えて下さる出版社が、どこか一社くらいはあるかもしれない。しかし追悼文などというものは、誰も書きたくないものではないか、と思う。第一、忙しい人の労力をそんなことで費やすのは私の望みではないし、雑誌のページを追悼のためなどに割くのももったいない。間違った記憶を頼って褒められるのも貶《けな》されるのも、どちらも虚しいような気がする。

私の住んでいた家は壊して整地し、ビルか駐車場の用地に売ってしまう。そうすればそこには何も経緯を知らない人の、過去とはまったく切り離された新しい生活の営みが始まる。私はむしろそれが見たい。初七日も一周忌も、生き残っている人には迷惑なだけだからする必要はまったくない。肉体が消えてなくなったのを機に、要するにぱたりと一切の存在が消えてなくなるようにしてほしい。考えてみると、人から忘れ去られる、というのは実に祝福に満ちた爽やかな結末である。地球上が銅像や記念館だらけになったら、それはむしろ荒廃を意味するからだ。

そんなふうに思えるのは、多分これでも私の信仰のおかげだったのかな、と思う。よく祈り、神に忠実だったという記憶はほとんどないけれど、神はいないと否定した日もなかった。自分の行為を正確に覚えているのは、もちろん私でもなく、ましてや他人でもなく、神ただ一人ということを真理と思うよりほかない、と考えて来られたのである。神でなければ、人間の心の中は決してほんとうにはわからない。

私の好きなエルビス・プレスリーの聖歌に「神のみに知られた《ノウン・オンリー・トウ・ヒム》」というのがある。私たちがこの世で愛した人たちもいずれはすべて死ぬ。心を覗いていてくれたのは、神だけでいいのである。

「近ごろ好きな言葉」

259 その人の属する国家の意図がどうあれ、個人が異国で死ぬということの背後には、すさまじいドラマがあり、悲痛な痛みがある。そしてどこであれ、人がある土地で暮らそうとしたら、食料と燃料と水と住処、さらには学校や集会所、銀行や教会や病院などがいると同時に、墓地の手当てもしなければならないのである。

「近ごろ好きな言葉」

260 私の中には、ほんの一パーセントくらいだが、あの時、入院させて点滴でカロリーを補っていたら……という思いがないではなかった。しかしそれが、先日、聖路加看護大学の日野原重明学長の講話を伺って、心が軽くなった。

先生の医学的なお話を今ここで正確に再現できるとはとうてい思えない。不正確な点はすべて私の責任であるが、日野原先生のお話の要旨は、素人流に言うと次のようなことなのである。

人間の病気の中には、数日、数週間を乗りきれば、回復に向かうものもある。そういう場合にはあらゆる治療を惜しんではならない。しかし、高齢者の病気のような場合、弱っていくなりに、一種の調和をとるような働きが自然になされている。だから、非常に少ないカロリーと水分でも何とか生きるように体が体勢を整えているのだという。それを点滴などで、不必要なほどのカロリーと水分を入れると、そのためにひどく苦しむようになる。

先生はまた、病人から言葉を奪ってしまうような気管切開もいけない、と言われた。それくらいなら、昔風の酸素テントがいい。一言でも話すという大切な行為は、死に赴く人にとって、最後の人間的な表現の方法だからだろう。

日野原先生は、もちろん私の家で昨秋舅《しゅうと》が亡くなったことなどご存じない。しかし私は先生のお話によって、舅の最期に、私たちが間違わなかったことを信じることができた。それは私たちのホーム・ドクターに対する深い感謝や尊敬と繋がるものでもあった。

「昼寝するお化け」

261 「俺にはもう時間がないんだ」
川上は秋山の顔を見ているだけで、それを否定も肯定もしなかった。

「もう、俺は何もできない。体もきかないし、気力もない。でも、死ぬまでに何かすること、あるかな」

「秋山さん、家族に会いたいの？」

光子は思わず言葉を挟んだ。

「会いたいんなら、連絡してあげるわよ」

「会いたかないよ。向こうだって、会いたかないんだ」

「会いたくないんなら、会わなくてもいいんだよ」

川上が言った。

「死ぬまでに、二つのことができればいいんだよ」

川上は秋山の手を握ったまま、のんびりと、明日の仕事の予定でも話すような口調で言った。

「一つは、感謝すること。一つは、許してください、と心の中で謝ること……」

「どっちか一つしか、時間が、なかったら？」

「時間はまだ充分あるよ。その一つくらい、今日中にもできるじゃないか」

「でも、もし、ほんとに、一つしかする時間が、なかったら?」

「感謝することとさ。それ一つだけできても、大成功だよ。だから、二つできたら、大大成功さ。その二つができないで死ぬ人、たくさんいるんだよ」　「極北の光」

262　いつの時代のできごとであっても、戦いの破局は悲しい。殺しても殺されても悲しい。殺された方は誰よりも悲惨だが、殺した方もほんとうは同じくらい悲惨である。
ただ、その後の扱い方が、日本とイスラエルでは違う。

沖縄その他の集団自決では、住民の死は、主に日本軍によって「追いやられた死」であるとされた。しかしイスラエルでは、マサダの集団自決による死者は、建国のために自ら捧げられた犠牲だと解釈している。今でもマサダは、イスラエルを訪れる国賓が最高の聖地として栄誉をもって迎えられる所であり、現在のイスラエル国防軍の装甲部隊の新入隊員が、兵士としての誓いを述べる場所となっている。イスラエルでは、そういう扱いが、死者に対する最高の礼儀と感じたのであった。

どの国民にもそれぞれの精神的風土がある。だからどちらがいい悪いの問題ではない。ただ、国によって死者に対する悼《いた》みの解釈と尊敬を示す方法に、これだけの違いがあるということだけは知っておいてもいいのである。

「流行としての世紀末」

263

私、好きな考え方なんですよ。出エジプトの人たちがあんな苦労までして、ファラオに何度もだまされて、やっと出るわけでしょう。出てみたら、余りに生活がひどい。エジプトの方がよかったなんて文句を言って親玉のモーセを困らせたりして、哀れなことに結局、その人たちは沙漠で力尽きて死んでしまうわけです。

それはなぜかというと、しょせん彼らはファラオの下にあって真の自由人ではなかった。奴隷の境涯《きょうがい》しか知らない人々だったのです。だから、その人々が自然に沙漠の中で死に絶えて、そして苛酷な沙漠の中で生まれ、生まれながらの自由人が育つのを待って、神はカナンに入れ給うたという発想。つまり、どういうことかというと、我々には死というものが無意味ではない。死んでやることが後の世代に対する運命を拓《ひら》く一つの必要条件であるという考え方。

今の日本では、こういうことは口が曲がっても言えないでしょう。そういうことをユダヤ人というのは、はっきり考え、みんなそう思っているということです。

「聖書の土地と人びと」

時は縮まっている

264 パウロもあまり、この世をいいところとは思っていなかった。だから、死に希望をかけた。幸福もいいものだけれど、不幸もいいものだ。不幸は現世に対する執着から私たちを身軽にしてくれるのだから、と。

「心に迫るパウロの言葉」

265 私は人間が一人で死んで行くこと、自分が一人で死んで行くことを思うとたまらなくなる時があった。誰かと死ねれば、と私は考えた。しかし、地球上のあらゆる人は一人ずつ死んだ。たとえすぐ隣で、誰かが死んでも、その死は一人ずつなのであった。私もまた、一人で死ななければいけなそうであった。

誰かと、死にたい、などというのは、私の最終的な、理不尽な情熱だったが、それも、当然のように、この世では叶えられぬ運命を持っていた。私はいかなる執着も、この世では許されぬことを確認しなければならなかった。

「私の中の聖書」

266 あなたはご自分だけが、緊張した悪夢そのもののような運命の岐路に立たされているとお思いかもしれませんが、それは間違いなのです。

あなただけではありません。時が縮まっているというのはほんとうです。誰もが一様に死に向かって進んでいるのですから。

「天上の青」

267 尊敬が快楽であることを知ったのは、もうずっと以前だが、そんなものが快楽になるなどということさえも、若い時には思いつかなかった。しかし、今では、もうそのことしか楽しみはないような気さえする。完全という人はいない。と同時に尊敬すべき点がないという人も、皆無に近い。（中略）自分がすばらしかったことに出会ったという事実を、常に「心に留め」ておけば、死ぬ時も思い残しがない。つまり死に易くなる。そして、自分の生涯を納得し、満ち足りて死ねるように準備するということは、この世で出世する以上の大事業なのである。

「心に迫るパウロの言葉」

268 ほんとは眼が見えなくなった時、死にたい、と思ったんですって。でも神父さまにそう言ったら、命ってものは自分のもんじゃないのに、勝手なことをするな、って言われたんですって。つまり自分が作るとか買うとかして手に入れた所有物でもないのに、勝手に使う権利はない、っていうことなのね。

「天上の青」

269 その日、私はバァバちゃんの苦しみが長く続きませんように、と祈った。いつも矛盾に苦しむのだが、好きな人には、安心して苦痛の解放からの死を願える。あまり好きでない人には決してそんな危険な思いを抱かない。それは死が、暗い別離や不幸の象徴ばかりでなく、積極的な意味があるという証明なのではないだろうか。

「バァバちゃんの土地」

270 ふと気がつくと、私はその午後、一度も、死ぬことを考えていなかった。私は声を立てずに自分をあざ笑った。空腹なだけで、私はもう死ぬことを忘れている……。これは、どこかで応用できる療法なのではないだろうか。私は素人だけれど、鬱病《うつびょう》や、自閉症や、ノイローゼや、そういったものの療法には、空腹にさらすということが、意外と効果的なのではないだろうか。

「バァバちゃんの土地」

271 難聴、視力障害、四肢の運動機能の減退、味盲《みもう》、嗅覚異常、神経麻痺、歯牙《しが》喪失、などといった変化はある日突然やって来て、命を奪うということはなく、その人の人生を部分的に閉ざす。それもまだ、老齢という時期に達するはるか以前にである。

旧約の昔、人々は老いと病気と死を因果応報の結果と考えた。罪を犯した人が病気になり、死ななければならないのであった。しかし私たちは、ごく普通の人たちが、とりたてて何も悪いことをしなくても、突如として、こういう辛い目に遭わなければならなくなることを知っている。

因果応報ならまだしも救いがあるのだ。原因は自分が作ったのだし、行いを正すということで、それを避ける方法もあるのだから。

しかしこれは「不法」な処遇である。どうして自分だけがこんな思いをしなければならないのか、という抗議を誰にしていいのかわからない。バスが崖から落ちても、洪水で家が流されても、土石流《どせきりゅう》に埋まっても、薬の副作用で死んでも、誰かを訴えられる時代だというのに、このような不法は誰も補償してくれない。

しかもこれらの多くは、回復不可能な現実なのである。私たちは若い時から今まで、死なない以上「回復」を信じてきた。

怪我をしても、病気になっても、苦しんだり治療に時間がかかることはあっても、いずれは元通りに治るものだと思ってきたのである。しかしもはや元へ戻らぬ病があるということを知った時、人間はうろたえ、死を垣間見るのだ、と私は思う。なぜなら、完全に回復不能なものの究極が死だからである。

「ババちゃんの土地」

272

人間が、それぞれ確実に老年という運命を持ち、まちがいなく個別の死を約束されている以上、その船の中で私の視線の先に転がっているものは、ことごとくノーマルな状態である筈であった。死は、もしかするとそれを避けようとするから醜く恐怖に満ちたものになるのであって、むしろ積極的に選びとればこの人々のような姿にならないのではないかと、私は考えた。

ただそのような考え方をもっても解決がつかないのは、死でもない、生でもない、あのエレベーターのドアの開いている間に、どうしても乗り込めないほどの不自由な肢体を持ったまま生きている姉妹の姿であった。

「讃美する旅人」

神の束縛は人間を自由にする

信仰はマイナスをプラスにする力を与える

273 この場合の命は、生理的・肉体的に生きていることではなく、魂の生、のことである。教えを棄てれば生き延びられるという時、棄教して生きていても、それは生きていることにならない。

「悪と不純の楽しさ」

274 信仰だけが人間のマイナスの状態を却ってプラスにする力を与えてくれる。

「別れの日まで」

275 「許すとか許さないとかいうことは、ほんとうは人間と人間との関係じゃないのよ。

多分、神と人間との関係なのよ。そうでしょう。人間が許します、って言ったって、神は許してないこともあるだろうし、人間が許さない、って言ったって、神さまはとっくに許していることだってあるはずよ」

「燃えさかる薪」

276 私は神という概念がないと、人間が自分の立場を逸脱すると感じるから信じているので、それはことに人生の危機に当たって重大な意味を持つ。信仰は今も昔も、神と人間を厳密に区別し、冷静な判断を保ちつつさらに深い迷いを持ち続けられれば、自制と疑念も残って危険でもなんでもない。

信仰はまず迷信を否定している。いつも言うことだが、教団の指導者が質素を旨とし、清貧に留まり、金銭を要求せず、最終的には個人の選択の自由を認め、教団の組織を政治や他の権力に利用しようとしない限り、別に用心する必要はないのである。

「流行としての世紀末」

277 もしこの世がずっと安定しているものなら、つまり、この大地がいつもしっかと立っていて人間を倒さないものなら、そしてまた地殻の山が火を噴かないものなら、人間は恐れることを知らないものになっていた。だからそれは、信仰や懐疑を育てる上に大きなプラスの面を持っていたと思います。

「聖書の土地と人びと」

278 つまり信じることによって楽になるのではなく、むしろ重い課題を人生で与えられ、それを凡人は呪いもするかもしれないが、それを乗り越えることで、確実に魂を高めることもでき、それゆえに生きるに値する人生も与えられる、という保証をも暗示するのである。「私を呼び給う方」から私たちは苦い運命を生きることを命じられるが、しかしそれでもなお、その方の存在は恋のように私たちの心に在るのである。

「心に迫るパウロの言葉」

279 原則として言えば、人間が信仰を持つということは、向きが変わることだと私は思っている。パウロはそれを、「肉」の方を向くか「霊」の方を向くかという形で考える。つまり、この世のとりこになるか、最終目標を魂の世界におくか、ということである。しかしここで整理して言えばこういうことになる。私たちは渋柿に甘柿をつぐ例をよく知っている。私たちは本来渋柿なのだが、そこに信仰がつがれると、私たちの木は甘い柿の実をつけるようになる。

なぜ本来渋柿の私たちが、甘い実をつけるようになったか。それは私たちの努力でも何でもない。なぜか、私たちは、信仰を持つという幸運を与えられ、本来あるがままの自分とは違った者に変質したからなのである。

「心に迫るパウロの言葉」

280

なぜ、ギリシア人は自らが愛し敬う英雄たちにかくも悲惨な運命を負わせなければならなかったのか。それが彼らギリシア人の共通の人生観だったからである。人間存在に対する認識だったからである。

人間は死すべき者として束の間の生を与えられているにすぎず、その存在は常に無常の風に晒《さら》されている。人生は悲劇だ。人の一生は苦難に満ち報われることが少ない。そうした悲観的な人生は英雄においてこそ激しいインパクトを持ち得る。劣悪な人間が悲惨な最期を迎えたとしても単に自業自得というもので、ありきたりの教訓にしかなり得ないだろう。そんなことは当たり前だ。ギリシア人はそれほど単純ではない。ところが一方、人間として望み得るあらゆる善きものをそなえながら同様の悲惨を免れない人がいる。どうしてなのか。そこには必ず人知を超えた目に見えぬ力が働いているはずである。そのような計り知れない力がどうしようもなく存在するなら、これは受け入れるしかなかろう。根本においてギリシア人はねくらの民族であったに違いない。エーゲ海の光溢れる風土の、陰の部分を彼らはじっと凝視し続けていたのであろう。しかし光もまた確実にそこにある。ならばその光の中で生きてみようではないか。たとえ一瞬の間にすぎなくとも。

英雄はそのような意思のもとに生きた人であるといえよう。常に光溢れる世界に暮らせるのは神々だけだ。人間は神々とは違う。だが神々が至高のものであるなら、限られた生の中で、その至高の存在にできるだけ近づこうとするのが人の為すべきことではないか。そうすることで人間ならではの輝きもまた生まれることだろう。

「ギリシアの英雄たち」

281　初代教会を経営して行くにも、物心両面の苦労は絶えませんでした。パウロは自分が物乞いをする立場に落ちたと自覚したでしょう。しかし自分の仕事は決して惨《みじ》めなものではない、むしろ人を豊かにするものだ、という信念もまた次第に輝きを増すようになっていたのです。

それはひいては、人間の魂にとって必要なすべてのものを所有していることでした。物質から解き放たれない限り、人間はほんとうの贅沢《ぜいたく》な自由を手に入れることはできません。物質的に貧しく見える時、人間はもっとも豊かな精神を手に入れる、というパラドックスをパウロは知っていたのです。

「聖書の中の友情論」

282　私たちは、多くの場合、一見、身を挺《てい》する意義のないようなことに働く。カンボジアには当分安定した平和は来ないだろうが、それでも、その方向に向かって行われる試行錯誤が無駄だとは私は決して思わない。

自衛隊のPKO活動とは違うが、十九世紀後半のアフリカにおけるキリスト教の宣教活動は、その動機の純と不純、植民地政策と信仰の混在の結果、途方もない人の血をその砂に吸い込んだのであった。宣教師たちは、暗黒アフリカと呼ばれた内部アフリカ、トゥンブクトゥを目指したが、途中で、病気やイスラム教徒の殺害に遇《あ》って多くの人が倒れた。当時の宣教師たちは、アフリカの奥地へ入る請願書に「殉教を覚悟して」という三文字のラテン語を書き足すようになった。しかし彼らの危険が増し、多くの死が現実のものとなった時、かえって志願者は増えたのである。

それが信仰というものだったのである。「人間の命は地球よりも重い」などとキリスト教は言ったことがない。聖書の中にも、そのような言葉はまったく出て来ない。むしろ、「友のために自分の命を捨てること、これ以上に大きな愛はない」（ヨハネ15・13）と聖書は書いている。

ＰＫＯは汗は流しても、血を流す予定はなかった、という意味のことを小泉郵政大臣は言われたが、汗と血を分けて考えることは理念としてはできても、実際にはほとんど不可能なことだろう。

宣教師たちのように誰もが思う必要はまったくない。しかし不思議なことに、危険が多くなれば、志願者が減る、というのは、いささか短絡した見方だろう。危険は、人間の生きる目的をむしろ明快にさせるものに常になり得るのである。

「近ごろ好きな言葉」

283　神道は、他の宗教と、てっていして争わなかったのである。それはまた、呑まれるかに見えながら、却《かえ》って生きながらえて絶えることがなかった。

その理由を、神道には教義がないからだ、とはっきり言う神道の人もいるという。私は神道を勉強したことがないので、他の宗教について言及する資格がないのだが、もしこれがほんとうだとすれば、それは「日本的な自然の中で会得された超自然への畏怖《いふ》と節度」とでも言えばいいのだろうか。周囲の外圧を受け流し、しかし流されない、という姿勢は、日本人の精神構造にも大きな影響を与えただろう。

しかし闘わない宗教というものは、大きな意味を持ち、一つの知恵を暗示する。キリスト教など、あまりにも満身創痍になって闘い過ぎて来て、しかもその中には、見当違いもたくさんあったのである。ただ、私が雰囲気以外に、はっきりした言葉に表される哲学として、神道から影響を受けたこともまた皆無である。

「近ごろ好きな言葉」

神の贈り物

284 人間が基本としては盲目で、愚かで、弱いものであるという認識にまず立たねば、そこから脱け出すこともできない、ということは、すばらしい逆説である。なぜなら、人間がもし原則として賢く、正しく、よく物の道理が分かり、かつ強いものだということになると、それは現世の種々相とことごとくぶつかり、一切のものが説明できなくなる。この愚かしさの認識は、信仰の世界ではみじめさでも何でもない。それは遙かな明るい未来を思わせる出発点であり、もっと直截《ちょくさい》に言えば、「神の前の快感」とでも呼ぶべきものである。そしてこの認識は存在なしでは不可能である。

「心に迫るパウロの言葉」

285 神が見えもせず、沈黙している、というところにこそ、初めて人間が見えざるものへの忠誠を尽くす、という信仰の証（あかし）が成り立つのであって、神が野球のアンパイアのように、即刻、私たちの行為がストライクかボールか、判断する、ということになったら、人間は神のご機嫌をとるためだけに行動するようになる。

「心に迫るパウロの言葉」

286 彼らはアポロンに協力してデルポイの神殿建造に功績があったのだが、その報酬としてアポロンは彼らに「七日間、思う存分好きなことをして暮らしなさい。八日目には君たちの願いを叶えてあげよう」と言った。八日目にこの二人の兄弟は寝床の中で安らかに息絶えていたのである。「神々に愛された者は若いままに死ぬ」ということが、この時以来信じられるようになった。しかし人間は神々から愛されなくても、長く生きることを願うのが普通のようである。

「ギリシアの神々」

287 「神さまは、いつでも話相手になってくれるの。朝でも昼でも、真夜中でもよ」

それから彼女は真顔で付け加えた。
「でも、神さまのいない人は、年とったらどうして毎日を過ごすのかしらね。一人ぼっちになって、眼も耳もダメになって、する仕事もなくなるのに」

「中吊り小説『帰る』」

288 私の知る限り、修道院では、洗濯室に最も徳の高い人がおり、そこによく奇蹟が現われる。それは、洗濯室がいわゆる知的な場所ではなく、むしろ3Kの仕事に属するからであり、神はむしろそのような最も人の嫌がる謙虚な場所にこそおられる、という信念が誰にでもあるからだった。

「神さま、それをお望みですか」

289 神は決して自分だけが光輝く寺院の中にはいない。神は当然のように人々と共に町に住む。神は、人々を天の高みに引き上げるのではなく、むしろ人々の中に降りて行く存在であることを示す神学的な思想は、聖書の中にはっきりと示されている。神は空間的にどこにおられるのかと言うと、決して空の上の方、などではなく、私たちが今対面している人の中におられると我々は解釈するのである。神が常に相手の中におられる、という思想は、私がいつも喧嘩をする時に一番困るものであった。なぜなら人と喧嘩をすると、私は神にも喧嘩を売っていることになるからだ。

「神さま、それをお望みですか」

290 沙漠の瞑想というのは、私流に言うと、人間が放って置けば死ぬところで、生きるに力のない自分というのを見極める。そこは原則として誰もいない。連れというのはあるかもしれないけれども、そうなると、お話しするのは神だけ。どんな恋人だって来てくれない、神様だけがお話しに来てくれるところというふうに私は感じたんですね。

「聖書の土地と人びと」

291 初め私はこの移植の作業を丁寧に優しく行っていたが、すぐにほんとうにワンタッチでできるようになった。小さな苗の根のところに指を添えて、ぐいと土にのめりこませるだけである。心をこめる閑もない。それが二週間経って再び行ってみると、もう一株で二人はたっぷり食べられるほどの堂々たる大きさに育っている。まったく詐欺をしているような気分であった。「畑は私が作っています」と言ってはいるが、ほんとうに農業をしているのは、植物を育てる本来の力、というか、私にいわせれば「神」なのである。神はいつから農夫だったのだろう。

「ババちゃんの土地」

292 しかし、神は、完全に沈黙していた。神はこの世で、よき人が裁かれ、不正がまかり通る時にも黙することによって、人間の心を試されるが、今、私に眼を贈られた時も、そのことを喋々《ちょうちょう》しく口にはしなかった。むしろ私は、私の眼の手術の結果は、私のために本気で祈って下さった人々への神からの贈りものであって、私はただ漁夫の利を得たものとしか感じられなかった。

しかし漁夫の利を得たなら、そこで改めて、少し、何かお返しを考えるべきではないだろうか。

贈り主がもし人間だったら、話はもっと簡単だろう、と私は思った。たいていの物をくれた人は、そのことをけっして忘れないし、忘れないだけでなく時には与えた人間が忘恩的にならないように、ちょくちょくそのことに触れるものである。いや、もしそれが金でも貸してくれた人なら、毎月のように、返済を求める催促をしに、私のところへやって来るだろう。

それならむしろ私は気が楽なのであった。私はその人に言いわけを作って、だらだらと金を返すのを引き延ばすなり、あるいは借りた金を、耳を揃えてつっ返すことで、その人との関係を完全に清算できたと思えるからであった。

しかし神は何も言わなかった。眼をやった、とも、眼をやったから働け、とも言わなかった。私にはその完全な沈黙がこたえた。

神が何も言わないということは、何かを命じられるよりも、もっと怖いことであった。《いつまで、どれだけ働いたら私を放免して下さるのですか》

と私は時々尋ねるようになった。それは重い負債の感覚であった。「贈られた眼の記録」

293 原則としては、キリストの弟子たちはどこへでも旅をしなければなりません。神は、人間のためになら、どこへでも来てくださる。どんなに、私たちが悪い惨めな心の状態にいようと、お呼びする時は来てくださるものですから。

「聖書の中の友情論」

294 私は決して誰もが信仰を持つべきだ、などというつもりはない。しかし人間の視点だけで、人間の世界を見通せるとはどうしても思えないのである。私たちは地形を総合的に把握しようとする時、自分の身長だけでは足りず、必ず高みに上る。それと同じで、信仰の見地から、神の視点というものがあってこそ、初めて私たちは人間生活の全体像を理解できるような気がしてならない。

「二十一世紀への手紙」

295 今ここで、一つのケースを想定しよう。

アフリカの飢餓をレポートしに、一人のカメラマンと一人の作家が組になって派遣されたとする。

カメラマンは人の苦しみにはほとんど心を動かされない冷酷な性格である。そして文章を書く作家の方は、心優しくしかし表現力はあまりない人だとする。どちらが、アフリカの飢餓をより強烈に、世間に訴えられるか。言うまでもなく、あまり同情のない、しかし腕のいいカメラマンの方なのである。もし彼がかわいそうな子供に同情して、カメラを捨てて泣けば、その時、彼は自分の任務をむしろ放棄したことになる。彼は決してカメラを放棄してはいけない。それがプロというものなのである。

その人の心根がいいか悪いかなどということは、歴史の大勢の中では大した問題ではない。作品は人の性格や、意図の善悪に係わらず力を発揮する。無神論者は笑うだろうが、私はこういうケースを「神は、その当人も意図しない形で、人間を思いがけない方法でお使いになる」と思っているのである。このからくりを時々見物させてもらうのが、すばらしい「時の過ごし方」なのである。

「悲しくて明るい場所」

すべての人は神の子であり、神の作品である

296 神は、いかなる人をも使われるし、愛される、ということであった。愚かな人も賢い人も、勇気のある人も小心な人も、だらしない人も潔癖な人も、暗い人も明るい人も、それぞれ、それなりに、実に巧妙にお使いになる。しかもその使い方のほんとうの意図を私たちはなかなか見分けられないことが多い。どうしてこんな悪癖、非合理、残忍さ、インチキ、がこの世にまかり通るのだ、と私たちは思う。

しかし非常に多くのものが、それらのごみためのような人間の精神や存在の関係を通して完成するという事実は不思議なことである。

「心に迫るパウロの言葉」

297 我々は、人間世界を「被造物」というふうに言います。その被造物の不完全性の中か

ら完全を見るときに、初めて光を感じるんですね。信仰というものが、わかるわけですね。むしろ私たちの立場としては、つまずいてもいいとは言わないけれど、つまずきというものとは生涯、一緒に歩くものなのだろうと思うんですよね。「聖書の土地と人びと」

298 世の中には神の嫌いな人がたくさんいることを、私はよく知っている。私を妹と思ってくれている従兄も、私の親友の一人も、来世や神をまったく信じない。でも、彼らは私を捨てない。ほんとうにありがたいことだ。

だから私はできることなら、人の前では、神のことなどまったく匂わせずにいたい。都合のいいことに、私は信仰が深くないから、それらの人たちも、私が特に話題に出しさえしなければ、神のことなど思い出しもしなくて済むのである。

しかし私の四十二年間の、作家生活と家庭生活以外の時間を語る時、この方——神——を登場させずに語ることもまた、却って不自然になることがある。

神は、神学者にとっては偉大な存在だが、私にとってはしばしばユーモラスな経過を楽しまれる方として登場するので、そのおかしさを無理に排除してしまうと、話がぎこちなくなってしまう。

「神さま、それをお望みですか」

299

「サリドマイド児を殺したお母さんがいたんだって。夫、妹、お医者も、共犯の疑いで起訴されていたんだけど、その人たちも無罪になったたってよ。だけど、どうなんだろうねえ、公判を聞こうとして法廷前に集まってた数千人の人が『おめでとう』を叫んで、警官隊や憲兵までが出動する騒ぎになった、って書いてあるよ」

「ふうん。でも何だか……」

「おかしいね。人の命を絶っておいておめでとうはないね」

　お母さんははっきりと言った。

「こういう時、どうしたらいいんだろう」

「思い余って殺したんだろうから、無罪になってよかったとは思うけど、その時は静かに黙って引き上げるのがいいね」

「そうだね、黙ってね。お母さんって、何かあっても黙ってるっていうのが割と好きじゃないの？」

「そう」

「よく黙って、って言うもんね」

「弁解するの好きじゃないからよ」

「言い訳が嫌いなんだね」

「ううん、そんな立派な心じゃない。説明しても、人にはわかりっこないって最初っから諦めてるの」

「冷たいの？　人に対して」

「そう、わかってもらおうと思ってないんだろうね。悪い性格だわ」

お母さんは自分で自分がおかしくなったらしかった。

「どうしてわかってもらわなくて平気なの？」

「別にはっきりとした神さまや仏さまがいるわけじゃないのよ、お母さんの心の中に……。だけど、なんだか、どこかで人間の心を全部見ていらっしゃる方があるような気がしてるのね。本当に怖いのは、その方だけだ、という気がするの。後はどうでもいいよ。人は他人のことを勝手に決めつけるけど、本当は、まったくわかっちゃいないんだから」

「わかってもらえないのは辛いよ」

「だけど、最初からそんなものだ、と思ってれば、楽なこともあるよ」

「極北の光」

300 神にとってはすべての人がご自分の愛する子なのです。人間に知られているとかいないとかはまったく問題ではありません。神の前ではすべての人が「人に知られていないようでいて、(神には)よく知られている者」なのです。

「聖書の中の友情論」

301 あの方は何のためにこの世に生まれて来られたのでしょう。人を殺すためだけに生まれて来たような人が、この世で何らかの任務を持っていたなどとは誰も考えないものなのです。けれど彼があいう人だからこそ、神の愛の対象になることを、私は知らされておりました。神はこう言われ、私はその言葉をいつからか知ってしまっていたのです。知らなければ、私はもっと楽だったでしょうに。

「天上の青」

302 今日でも自分がいいことをしていると宣伝したがる人に対して、それは、悪趣味、インチキだというはっきりした批判なのです。

人間の仕事や外観や能力にはれっきとして差があるが、それは神の眼から見た差ではない、ということを知るのは新鮮な驚きというものです。明らかに神にとっては「大きな者」も「小さな者」もまったく同じだということなのです。神はそれほどに「眼のある人」なのです。ただ「大きな者」には皆が何かをしたがるけれど、「小さな者」に何かをしてくれる人は少数だから、そっちにしてもらったら自分は嬉しい、と神ははっきりと表明なさったのです。

「聖書の中の友情論」

303 大切なことは、自分の眼ももしかしたら、昏《くら》いかもしれないという自覚を常に持っていることです。

自分を他人と比較して、いつも優越性を確信していられる人は結構いらっしゃるようですが、そういう方たちは、神と比べれば、いかなる秀才も愚か者という発想を持つこともまたできにくいようです。

「聖書の中の友情論」

304　私たちははたから「騙されないようにしなさいよ」などと言いますが、ほんとうは野放図に望みを繋ぐ人が、神の雛形のような優しさを持っているのです。そして、人生の後半にもさしかかると、その美しさとみごとさが、胸にしみるようにわかるのです。

許しほど難しいことはありません。希望を繋ぐことも疲れることです。しかし神はそれらの最も難しいことを人間にお望みになった。それほど神は私たちを能力ある存在だとお思いになった。私たちは易《やさ》しい宿題ではなく、能力のある生徒として難しい宿題を受け取ったのです。それだけはまちがいありません。

「聖書の中の友情論」

裁きは神に任せなさい

305　動物には律法はない。そこには闘争の結果としての勝利、または敗北があるだけである。罪は律法によって、人間が自らを律するという、この、まことに人間的な、自発的な精神の存在から絢爛《けんらん》と生まれた。罪の意識は、人間だけが持ちうる高度な魂の美学なのである。

道徳ではなくて、罪の意識もないような、のっぺりしたおもしろ味のない生活は、私の美意識に合わないのである。律法の概念は、さんぜんとして、人間の尊厳のためにある。

「私の中の聖書」

306　「正直で単純な人がいいなんて発想は、外国にはないから」

「それが氷雨の降る暗い冬のせいですか」

「いいえ、ヨーロッパには神がいたせいよ。今は信仰がなくても、彼らの先祖は長い年月、神のいる生活をしていたでしょう。だから長い年月、騙《だま》すとしたら、人間ではなくて、神まで騙さなきゃならなかったの。神というのは、私たちが押入れに隠れて蒲団かぶって考えてることでもお見通しでしょう。だからその神をごまかすのは大変だった。それで彼らは皆長い間訓練を積んだのよ。神を相手に詐欺を働くのは頭がいるわ」

フランス人は姦通をする時にも、気の毒な人を酷使する時にも、失策の言い訳を考える時にも、皆神をごまかしてきたのだ。人間を騙す上に、さらに神までごまかさねばならない。だから、彼らの嘘や言い訳には、高度の磨きがかかる……。

「一枚の写真」

307 「ばか者」と言っただけで、地獄に落とされるのではたまらない、と私も初めは思いました。

ところがこの「ばか者」というのは決して「アタマの悪い人」などという単純な意味ではないのです。そのギリシア語の原語「モロス」は「神との折り合いが悪くなっている人」という意味なのです。

「胸に手を当てて考えてみろ」とか、「そんなことしたら、あんたは地獄へ行くよ」とか、「ああいうことしてたら天罰が下るだろうね」というような言い方が日本語の表現の中にもないではありません。それはなんでもないような言葉ですが、そういう時、その人の心は神と同等になりあがろうとしており、ある人と神との間に割り込んで裁こうとする意図を表しています。それは衆議会で裁けるような軽い罪とは違う、という発想です。神と人との関係は人間には分からないのだからそのような犯すべからざる領域に立ち入ろうとすることは、地獄に落ちるほどの大きな罪だ、と言われたのです。

「聖書の中の友情論」

308

「裁きは神に任せなさい」ともおっしゃいました。私たちは誰も、他人の心の中を過ぎて行った思いの真相を知りません。ですから、神に成り代わって他人を告発するな、と神はおっしゃったのです。

「天上の青」

309 「胸に手を当てて考えてみる」と私たちは皆同じ程度のことをしている。ですから、私など将来もきっと浅ましく人の批判をし続けるでしょうが、それは「自分を棚に上げて」であることだけは忘れないつもりです。

人を裁くな、ということは実にむずかしいことのようです。このごろでは、神父たちの中でも、人を裁いておられる方を時々お見受けします。そしてそのほうが、正義の人として人々には人気があるのです。

しかし、友情のはるかな源泉もその人に対して無限に寛大であることでしょう。その人がそれがいいというなら、まず認めよう、という態度だと思います。「聖書の中の友情論」

310 よく、クリスチャンは、罪人面《づら》をするから気にくわん、と言う人に会うことがある。しかし、そういう人に私は聞くほかない。あなたは、まちがわなくて済みますか？　他人に不愉快な思いをさせたことはないですか？　ほんの一瞬にせよ人を憎んだことも、殺そうと思ったことも、だましてやろうと思ったこともないのですか？　と。私はそれらのことをすべて体験した。行動に移さなくても、行動の一歩手前まで行ったことがあるから、私はごく簡単に、実行してみせられたという、恥ずかしい自信を持っている。

ただし、私にとって、これらの実感を持っていることは一つの資産なのである。そしてこの思いがある限り、私は告発者になることからだけは遠ざけられているような気がしている。

「私を変えた聖書の言葉」

311 だから、復讐を神に任せる、などという発想は、ほんとうに好きだ。改まって「神にお任せします」などという必要さえもない。私はこの世が辻褄《つじつま》の合わないところだということを散々見てきた。信仰を持つとは、この世が不公平である現実を承認することだ、と言った人がいる。なぜなら、裁きも永遠の幸福も次の世にあるのだから、今ここで、少しの違いをとやかく言わないのが信仰だというのである。
むしろこの世で安っぽい「ばち」が当たる光景など私は見たくない。私たちが裁かれるのは、ほんとうに神と一対一の場である。そこには「雑音」をたてる見物人の席などないし、裁きは見世物ではない。それだけにうんと厳しい。

「心に迫るパウロの言葉」

312 社会の正義はそれに反した人を、裁き、生贄《いけにえ》として要求しているように見える。「裁いてはいけない」「人を罪に定めてはならない」という言葉も、正義を要求する高らかな叫びの前にはほとんど力を持たない。それだけでなく、叫ばなければ逆に、正義を認めていない罪人の同類になりそうだ、ということを雪子は発見したのであった。

「天上の青」

313 今、良識ある行動というのは、一切黙っていることであり、宇野富士男に関することは総て忘れることだということは、わかっている。しかしそう思う傍《かたわ》ら、雪子はそのような自分の判断に恐怖を抱いた。その人は確かにこの世にいるのに、その人の存在が都合悪くなると、あたかもその人がいなかったように無視せよ、と言う。それが良識、というものなのだろうか。それが、正しい、人間的な行為なのだろうか。

「天上の青」

恐れを知る者にならなければならぬ

314 日本人は信仰や宗教について、恐ろしく鈍感で無礼である。そのようなものは科学的態度に反する無知なものだから、少々否定的に無視しても当然という感じである。

しかし信仰や宗教ほど怖いものはない。人が時には命よりも強いよりどころとしているものを、いい加減に扱うということは、その人に対する非礼だし、そのような不用心な感覚で国際化などできるわけがない。

信仰や宗教だけではない。私たちは恐れを知る者にならなければ人間を理解できないし、若い世代を、恐れも知る者に教育しなければならないのである。もちろん恐れを知るということは、相手の言いなりになるということではない。しかし違いの存在を骨の髄まで知ることである。

「二十一世紀への手紙」

315　どんな宗教に対しても、我々はそれを信じている人の心を傷つけないようにふるまうべきなのである。妥協したからと言ってそれで我々が心底から変わるわけでもない。心の聖域というものは、持とうと思えばいくらでも侵《おか》されずに持てるのである。

「二十一世紀への手紙」

316　どんな宗教であれ、かつて毎日の祭儀が行われていた建物が他の目的に流用される時、その建物はいつも死骸《しがい》のように私には感じられる。形骸のみあって、魂がないのだから、そういうものを絶えず見ていたり、そこを別の目的に使ったりしていると、さぞかし健康に悪いだろうと思う。

「夜明けの新聞の匂い」

317　今の新興宗教も、もしほんものなら、決してお金を取らないでしょうよ。宗教で組織的にお金を取ったら、それはニセモノと思っていいんじゃないかしら。

318　この二点——信徒から金を強制的に取るかどうか、また祭司に当たる人が贅沢をしているかどうか——を見れば、たいていの宗教のほんもの度が見えると思う。

「流行としての世紀末」

319　そもそも信仰が現世で政治的力を持とうという発想を私は受け入れられない。

「近ごろ好きな言葉」

320　信仰に政治的力を持たせるというのは、不純で危険なことである。うんと譲って、信仰に政治的力を持たせるのが当然という人がいることにも妥協するのは構わない。創価学会の信者さんなら公明党を結成し、それに投票しても筋は通っている。

しかし自分が信じてもいない宗教の信者の票を当てにする人たちほど、卑しいものはない。信仰とか宗教というものは、もっと本質的に厳密で恐ろしいものだ、という、世界的に共通した恐れも知識もない人たちだ。

「近ごろ好きな言葉」

321 寺とか教会とかは所詮現世のものなのだ。別に恐れるに足りない。来世があり、死者がいい人であったなら、葬式など出してもらえなくても、来世は必ず幸福になる、と私たちは考える。そのための神なのである。遺骨など、本当はカルシウムにすぎない。そして別に会を作ってがんばらなくても、私たちのようにやろうと思えば、誰でも一人でさっさとしたいようにできる。

その時私が支払うのは、世間から非常識と指弾されること、つまり悪評だけである。しかしすべてのものは、なんらかの代価を払わずに手に入れることはできないのである。

しかしそろそろ日本でも、希望する人の遺骨は、日本海溝あたりに指定区域を作って、海中埋葬を認める法律を作るべきであろう。

海へ捨てている国は既にある。しかしその辺の海岸に捨てられてはたまらないから、指定海域を作り、投棄は総《すべ》て国の船で定期的に行うことにしたらいい。そうすれば民間の船会社が、毎年その海域に、競ってお参り船を出すだろう。その時、子供たちにきちんとした海事知識を教えるチャンスにしたらいい。

「大説でなく小説」

322 資本主義体制の破壊、私有財産の拒否、生産手段の共有化、による生活を、ここ数年、私は深く憧れて来た。私はこの年になって、昔はなまじっか修道院付属の学校で育ったために却って嫌悪し、深く恐れてもいた修道生活に、強く惹かれるようになった。そして私の知るたった一つの社会民主主義的社会は、カトリックの修道院なのである。それも、外部との接触を一切断って、私物を持たず、無給で肉体労働をし、沈黙と清貧を守り、何より深く祈り、一生、修道院の塀の外へ出ない観想修道会と呼ばれる、トラピストのような修道会だけである。

「大説でなく小説」

神はすべての人の中にいる

323 「私その時まで、神は天にいらっしゃるものだとばかり思っていたんです。ですから子供の時からずっと上の方を向いてお祈りしていました。そしたら驚いてしまいましたわ。だって、私が面と向かっている方の中にいらっしゃる、と神父さまはおっしゃったんですもの」

（中略）

「私、後で、神父さまのその日のお説教を恨みました。知らなければ便利だったことを知ってしまったんですもの。私、嫌いな相手はずっと嫌っていたかったんです。その方が自然で安定がよかったんです。嫌いな相手の中にも神さまがいらっしゃるなんて思うことは、迷惑なんです。宇野富士男の中にもまた神がいらっしゃるなんて思うことは、ほとんど人道主義者にとっては許せないことなんです」

「天上の青」

324

若い看護婦さんが、そのおばあさんに、

「おばあちゃん、どんな眼鏡作ろうかねえ。新聞読めるような眼鏡がいいでしょう」

と言ったというのである。するとそのおばあさんは、

「新聞なんかどうでもいいよ。それよりか、食べてるものがはっきり見えるような眼鏡がいいんだよ」

と答えたというのである。

このエピソードがどうして私の心から忘れられないかというと、その時私はほんの一瞬だけ、「ああ、そういう年寄りにはなりたくない」と思ったのである。その背後には、私の醜い冷酷な気持も内在していた。つまり、「そんな年寄りの眼を開けたってどうなるんだろう」という思いであった。

しかし、その気持は私の中ですぐに別の重さを持つようになったのである。

そのような老人こそ、神が医療関係者の心を試すために遣《つか》わされた人なのかも知れない、と私は思って、震え上がったのである。

この世で少しでも働ける人だけが見えればいい、ということではない。ある人の人生が、この世をよく見て、そしてその死までにある完成を見るためには、たった一日の、いや、たった一時間、たった一分間の視力のためにさえも、医療は全力をあげねばならないのである。

「贈られた眼の記録」

325 存在、というものは、いかに偉大か、ということです。すべては、存在から始まるのです。いやな存在というものがこの世にはある、ということも、私は骨身にしみて知っていますが、しかし、存在というものはすべて感謝しなければならないものです。私たちが褒め称《たた》える対象は、すべての存在するものに対してであって「無」に対してではないのですから。

神は、悔い改めのない義人よりも、それまでろくでなしだった人間が帰ってくるほうを喜ぶ、とはっきり言われているのです。ここを読んで、いささか気を悪くしている「義人」共もいるでしょうが……しかし、イエズスの言われていることは何と「人間的」でしょう。神が、「人間的」だなんて、ひどい逆説だ、と言われそうですが、それでこそ、私たちは心理的についていけるのではないか、と思います。

「聖書の中の友情論」

326
報われるからやるというのは、ほんとうにしたことにはならない。（中略）私はカトリックの学校で、お礼を言わないような、あるいは言えないような人に尽くすことこそ、神がほんとうにお喜びなのだ、と小さい時から教えられました。そして神は、王さまやお金持ちの中にではなく、むしろ最下層と思われている生活を余儀なくされている人たちの中に、れっきとしていらっしゃるのだということを知って嬉しくなったものです。

さて、友情に関してですが、この話は、実はおもしろい側面を持っているように思います。

今までのすべての道徳的な書物は、私たちが、慈悲の心を持って、不運な境遇にいる人を助けるように、と指示して来ました。しかし反対に受ける側の心については、何も書いていないのが普通でした。

しかしここを読むと、私たちは人からもらう立場になっても決してみじめになる必要はないことがわかります。

しかし私たちはよい贈り手にならねばならない、と同時に、よい受け手にもなる必要がありましょう。

なぜなら、そこには、友情を通して神の業を実現させるという目的があるからです。

「聖書の中の友情論」

327 職業に関する名称、それも蔑称《べっしょう》と思われるものを変えるのが戦後のやり方であった。変えないと恐ろしいのである。その人から叱られるだけでなく、時には暴力的に押しかけて来られたりする。だから次から次へと体勢のいい呼び名を作る。しかし中身は別に変わらない。
変わる必要がまったくないのである。この世で賤業《せんぎょう》と思う人があっても、神の前には賤業はない。「あんな人要らない」と私たちは気安く言うが、「ほんとうに要らない人」などいないのである。

たとえ病気や老齢のために、人手がかかり、この人が生きていなければどんなに楽になるだろう、と思うように見えた人でも、その人の「困った存在」が「困らされた人」にさまざまなことを教えていく。しかし私たちは、困らされている時には、そんなことをとうてい承服できない。それが分かるのはずっと後になってからである。

「心に迫るパウロの言葉」

328 日本人の真理の主流は、平和を望むなら、戦争のことは一切学ばなくてもいい、という形を取ります。しかしパウロは、そのような幼児的なものの見方をする方ではありませんでした。

もし相手が嘘つきなら、私はその嘘から人生を学ぶのです。もし相手が狭量な人なら、私たちはその狭量さを自分の戒めにできます。もし相手が残忍な人なら、私たちの本能がそれに健全に反応して、その残忍な結果に震え上がり、残忍さの姿を再認識させてくれます。そして私たちが、非常事態の中で我を失いそうになった時にも、そうならなくて済むようにしてくれます。それを考えたら、私たちは総ての方に、自分を育てて頂いたことに対してお礼を申しあげる立場にいます。たとえいっとき、その人に恨みを持ったり、嫌悪を感じたりしても、です。

「聖書の中の友情論」

329 私たちは、社会で、常に自分にとって不都合な人に出会う。自分の仕事をじゃまし、自分に悪意を持つ人にぶつかる。しかし、それらの人もまた、社会を造る上に役に立っているのだし、もしかすると、ある瞬間から、私の仕事を手伝い、生命の危機からさえ救い出してくれるようになるかもしれないのである。それを見抜けないことが、悲しいことに人間なのである。

ぶどうの実の中に祝福がある、ということは爾来《じらい》、私の実感になった。

「私の中の聖書」

人間の原点を問う

作家としての筋の通し方

330 私には世の中でよくわからない、ということが多すぎるのだけれど、政治家になりたがる、という情熱もその一つである。

もちろんそれより先に、小説家になりたがる神経もわからない、という人も当然いるだろうから、私はその人たちのために先に簡単な答えを用意するのが順序かもしれない。

小説家は生き方の面では気楽でいい立場なのである。別に金を儲けるのに、隠れてしなくて済む。指三本で女を愛人にしてもとやかく言われる筋合いはない。何より嘘をついても叱られない。発作的に言い方を変えても職業的倫理には抵触しない。自分勝手に旅行ができる。どんな破廉恥《はれんち》なことを書いても言っても、最初から失うべき名誉を持たないのだから、非難の受けようがない。

しかし私から見ると政治家という職業は、男たちが憧れるにしてはみじめな要素が多過ぎる。

その第一の理由。彼らは静謐《せいひつ》という贅沢な時間を持つことが極端に少ない。私自身、決して静かな人間でもないのだが、それでも、一人きりでいる状態に多くの時間を割くことができる。これは、ある程度上等な「人間をやっていく」上で不可欠の要素であると私は思っている。

第二の理由。政治家は自分が偉い人物だという抜きがたい自信を持っている。もちろん言葉の上では慎ましい人が多いが、しかし内心は違うことが、私のような作家の眼にかかると、一瞬のうちにわかる。

「昼寝するお化け」

331 人生は、誰がいなくてもまったく困らない。アメリカの大統領が死んだって、次の瞬間には代わりができている。ましてや一作家においてをや。相手が全くコマラナイから、私は気楽に関係を持つのを止めることにしたのである。
その目的はたった一つである。近い日に私は死ぬことになる。その直前、私は作家として仕事をして来た日々を思い返すことになるだろう。その時、自分が占めて来たこの世の

「一隅」が、それなりに整えられ、筋が通り、自由で爽やかだったかどうかが、多分私にとってかなり大切なことなのである。

「近ごろ好きな言葉」

332 自分にしか書けない心の襞《ひだ》の「それも一部」を書いているのが作家というものだろう、と私は思う。作家は作品になる手前の段階で、多くの「心理的処理」を行っている。別に隠すとか、体裁を作っているとか、嘘を書いているとか言うことではない。作家は「真実を書いて事実を書かず」という。真実と現実との間をどう埋めるのか、は、説明できないほど複雑な心の問題である。また喋る時も、さまざまな羞恥心《しゅうちしん》が表現を屈折させる、それをほぼ正確に理解し、記憶する人はいる筈がない、と知りつつも、作家はその含《がん》羞《しゅう》に耐えられずに、作為的に振る舞うことがある。そのようなぶれを計算せずに、死後になって作家の生活や心情を他人が書き、作品の解明をするなどということは、ほんとうに恐ろしい所業だろう、という気がするのである。

「近ごろ好きな言葉」

333　およそ私くらい、専門分野がないのに、専門家の前で発表しなければならないほど、みじめなことはない。しかし一人の素人が、一九九〇年代には、この問題をどの程度理解せずにこういうことを言っていたか、ということは、それなりに一つの時代を表した記録として、タイム・カプセルに入れておいてもいいものなのだろう。私たち小説家などというものは、まさにそういう時のために存在するのだ。

「近ごろ好きな言葉」

334　若い頃、私は「いかなる複雑な思想であろうと、それは明快極まりない平易な文章で表現できるはずである。難解ということはすなわち悪文の証拠である」と教えられた。たとえ創作の途中で苦悩しようと、書き上がった作品は、その苦悩の息遣いさえ聞こえぬほどに整えられ、誰にでも理解されやすい形にすることが慎みであり、完成ということなのである。

とてもそういうふうに、私は書くことはできない。しかしこう言うべきだろう。難解な文章も、平易な文章も、共に書くべき事象に迫り、対決しているのだ。だから、どちらにも存在の深い意義があるということだ。

「流行としての世紀末」

335――どんなに苦労して書いた文章でも、鼻唄まじりで書いた、と見えるほど、滑らかなものに仕上げる。いかなる重大な内容でも、軽く、平易に書かれていなければならないし、それはまた可能である、と私は知るようになった。重大な思想が詰まっているから、文章も重いのだ、と言わんばかりの作品は、つまり悪文なのである。　「悲しくて明るい場所」

336――それも一種の個人主義的に筋の通ったものの考え方なのかもしれないが、私がいつも身に沁《し》みて思うのは、人を改変させるということは、実に難しい、（相手とのではなく）自分との戦いだ、ということだけである。　「近ごろ好きな言葉」

337――小説のテーマというものは、美しく言えば真珠の生成の過程に似ており、醜く言えば癌細胞が大きくなる経過とそっくりだ、と思うことがある。とにかく私の場合、作品の核になる一種の思想がはっきりすると、次第にその周りに肉の部分が付き出し、細胞がどんどん分化し、そのうちに核そのものは全く見えなくなる。これで、小説の醱酵が完成したのである。

「神さま、それをお望みですか」

338 私がこういう仕事にずるずると係わり続けて来たのは、一つにはこの手の人間のみごとさに触れる快楽を知ったからであった。人間は浅ましいから、時には自分より劣った人を見てほっとするという瞬間もないとは言えない。しかし多くの場合、すばらしい人を見るということに私たちは感動する。こういう人や言葉に出会えて幸福だった、と思う。それは純粋の快楽である。

私は作家だったから普通の生活をしていたら会えないようなけたはずれの人にもよく出会ったが、その度に私の中の貪欲な享楽主義者の部分は「もっとおもしろい人に会えたらいいな」と感じたのである。

人を尊敬することが快楽だということを、私はかなり若い時から知ってはいたが、酒のみがうまい酒を飲める穴場を知ることには不思議な触覚が働くように、私もこの仕事が得難い人間邂逅《かいこう》の場になるだろうという予感を信じていた。　「神さま、それをお望みですか」

339　すべての仕事は眼についたところからちょぼちょぼやればいいのだ。そして未完で終わればいいのだ、と私は密かに思っている。神のごとき公平な判断とか、すべての仕事を完璧にやりおえて死ぬことなど、私たち人間にはできることではない。アフリカ全体を救え、というような言い方は、今ではむしろ破壊的な嫌がらせであり、素朴な善意の敵だろう、と私は思っている。私にとって平等という言葉に対する憧れは、皆無ではないが、かなり希薄なものだ、ということがこのごろ次第にわかって来た。「週刊ポスト 96／6／14」

340　私は人に会ったり、本を読んだりしているうちに、人間の極限の快楽は、「うちこむ」ことにある、と知るようになった。もっとはっきり言えば、人はそのことのために死んでもいいと思えるほどのものを持っている時にだけ、幸福になっているようであった。　「悲しくて明るい場所」

341　人間というものは、可能ならすべてのことができた方がいいという原則だけは疑ったことがなかった。

それには基本的な順序がある。歩けること、自転車に乗れること、泳げること、穴を掘れること、洗濯、料理、掃除などの基本ができること総てであった。

それらができた方がいいことは男でも女でも同じである。男だから炊事ができなくていいこともなく、女だから電気のヒューズを取り換えられないで当たり前ということもない。

それらは私が何の職業に就こうが必要なことであった。作家の中には、書くこと以外まったく不器用なことが、むしろ作家らしい誇らしいことだと思っている人がいる。私はこのような「神話」を他人の場合にはおもしろがったが、自分の場合には認めないことにした。

「悲しくて明るい場所」

教育の第一責任者は自分である

342 子供たちの教育には、必ず体を働かせることと、知的教育とを抱き合わせることだ。体を動かすことは、体操程度ではなく、できれば道路の掃除とか農作業とか、暑くて寒くて汚れて激しいものがいい。体育と知育のバランスを失った人間が増えると、それこそ社会は暴走するのである。

「流行としての世紀末」

343 誰がその人に教育を行うか、ということは大変興味ある問題である。なぜなら、世間には教育の責任を転嫁する話題のみ溢れていて、それはあまり教育的ではない、と思うからである。教師が悪い、教科書が悪い、教育環境が悪い、親が悪い、と悪いものの話題にはこと欠かない。

しかし教育の責任者の第一は、自分である。少なくとも、小学校五、六年くらい以降は教育の責任のほとんどは自分にある、と言わねばならない。

「二十一世紀への手紙」

344 むしろ子供に教えなければならないのは、徹底した現実であり、悪についてである。現世には、完全にいい人もいず、完全な悪人というものもいない。その中間にいる人ばかりである。もちろんずいぶん善人に近い人もいるし、かなり悪いことばかりする人もいるが、善か悪のみ、という人はいない。だから完全にいい人の代わりに、人間は神という概念を思いつき、完全に悪い人の代わりに悪魔という存在を考えた。しかし神も悪魔もどちらも現世に人間として存在しない。

だから、現世で、人間に対して、悪魔か神にしかありえないような表現の仕方をする社会に出会ったら、反射的にそこには嘘がある、と思うような教育が必要だと思うのである。この国には不幸がない、というような言い方をしたら、その国家は、一人乃至《ないし》は数人の圧政者によって強制的に思考をコントロールされている危険な社会構造を持っていることはまちがいないのである。

民主的な社会では、人々は決して一致した考え方をしない。人々はめいめい勝手に評価する。だから理想とはほど遠い軋轢《あつれき》だらけの現実を生きることになる。

理想が簡単に手に入るものとして位置づけられることは、かなり危険である。理想は苦い現実のかなたに、永遠に到達できなさそうな、しかし決して諦めてはいけない一つの悲願として、遠くに輝き続けるべきものなのである。

「二十一世紀への手紙」

345

日本の子供たちは、教師たちから、ある意味では、世界についていけないくらいの甘い、ひとりよがりの教育を受けてしまったのである。戦後、それが道徳の決定版のように言われた「皆、いい子」という概念に、子供たちは毒されてしまった。皆、いい人ならこんなに問題が起きないではないか。嘘をついてはいけない。人間は皆、基本としては性格に悪い部分を持っているのである。しかしそれをさまざまなものによって——教育や、信仰や、家族の愛によって——少し上等なものから、うんと崇高なものにまで、変質させ高めることができるのである。それ故に、「おお、幸いなる罪よ」という認識も生まれたのである。人間は弱さや卑怯さを認識してこそ、初めて魂を持った人間になれる。しかし日本にはそういう厳しい概念はない。人も自分もいい人だとお題目のように唱えることで、ヒューマニズムが完成されたと考えられるおめでたい国民なのである。

「流行としての世紀末」

346 種の中には、しっかりと大きくて翌日にはもう殻を破って動き出す生命力の強いのもあれば、クシャミもできないほど小さいのもあって、それを一粒ずつ播くのはなかなか難しいことだった。発芽すると、それらの芽は無邪気に光の方に向かって斜めに伸びた。私はその姿勢をかわいいと思いながら「そんな単純なことじゃだめだよ」などと呟くことがあった。そして箱の向きを、あっさりと反対側に変えてやった。

子供でも大人でも、いつも同じ方を見ていると、骨も考え方も固まってしまう。時には後ろを向いて、逆の方から、相手の立場に立って考えるくせをつけ、体もまんべんなく、反対の方向に運動機能が働くように鍛えておかなければならない。「バァバちゃんの土地」

347 一人の人間の教育に関して、誰が責任あるかと言えば、子供でもない限り、それはその当人じゃないか。

「天上の青」

348 教師が労働者だと言った時から、教師の威信は地に落ちた。教師が、決められた時間だけ労働を売る労働者で務まるわけがない。こういう訳知りみたいなことを言うことが、開かれた民主主義だと信じて日本の教育をだめにした人たちから今までに日本国が受けた被害は、住専による被害総額の比ではないだろう。

「週刊ポスト 96／5／10」

私に責任を負える人は私しかいない

349 学問の場ともあろう所に、話せない話題があるなどということになったら、問題である。如何なる善も悪も、共に客観的に自由に研究の対象にするのが大学なのだ。すべての意見は偏見か迎合かのどちらかに傾く。中庸ということは観念としてはありえても、実際にはないことが多いし、もしあったとしても、それは人の心をさして引かないだろう。

この頃は家族の話や親の職業を聞いてもいけないのだという。私はそんな必要もまったくないと思う。貧しさも富も、円満な家庭も歪んだ家庭も、それなりに受け止めてその特徴を生かせば、そこに育った子供は力を持つのである。富も財産だろうが、歪んだ家庭の不幸の実感も財産なのである。大学はその生かし方を教える所だ。しかし触ってはいけない話題があるうちは、処理できない問題があるということを、大学側が自ら認めていることだから、そんな能無しの教育機関に、いい教育などできるわけがない。

350

人間の世界が永遠の未完成だからこそ、失ってはいけない姿勢がある。世の中の不条理は、人間が生息する限り形を変えて存在し続けるものだからこそ、人間は、その中で自分を見失わないために、内省、自己規制、寛大、許し、忍耐、信仰、勇気などといったものが必要になって来る。それを学校は教える場所なのである。

自信がない時ほど、「世評」は巨大なものに感じられる。しかし真実に自信があれば、いかなる誤解にも耐えて平然と我が道を歩むことができる。世間は意外と目があるものだから、そのうちにわかるようにもなるものなのだ。

「営業妨害」だなどという言葉だけは、たとえ心でそう思っておられても、教育者として口にしてほしくない科白《せりふ》である。

「昼寝するお化け」

351

ダイヤモンドの鑑定人には、徹底していいダイヤを見せることが基本だと言う。子供たちにも、人間の偉大さを徹底して教えたらいい、と私は思う。そうすれば、リクルート事件のようなものを見た時、何も言わなくても、「何となく薄汚いなあ」と思うようになる。

「狸の幸福」

352 精度だけを考えたら人間はとうてい機械に及ばないことくらい、もうとうの昔からわかっていたでしょうにね。人間の出番というのは、むしろ、不精確で、一つ一つ違うことを生み出すおもしろさにあるんですよ。

「飼猫ボタ子の生活と意見」

353 人間に向きというものがあるなら、一つの職場で、誰もが同じ能力を示すわけはない。能力が同じと見なす方が、むしろ社会主義的な悪平等である。どんな人も同じに待遇しろ、という理論が、逆に差別を生む。

「悪と不純の楽しさ」

354 とにかく、人生のすべてのことは、当人がそれを好きかどうかということだ。当人が好きでもないのに、勉強させることはできない。口を開かない鳥に水を飲ませることはできない。動かないロバを歩かせることはできない。これらはすべて私の体験である。

学問が好きでもない多くの学生が、今大学で勉強している。もったいないという他はない。

「二十一世紀への手紙」

355 「教育投資」とは、何といやな言葉だろう。親の教育の証《あかし》は金《かね》だけではない。私など「未遂に終った自殺の道連れ」という形でまで、人はもらわなかった大きな教育を親から贈られたおかげで今日がある、と思っている。

「夜明けの新聞の匂い」

356 自分の育った家庭が、この上なくいいものだった、という人に出会う度に、私は羨ましかった。しかし反対に、そうでなかったという人にも時々会う。私自身、両親が私を愛してくれたことを疑ったことはないが、しかし呑気《のんき》で温かい家庭で育てられはしなかった。父母は仲の悪い夫婦だったから、私はいつも親の顔色を見てはらはらしながら暮らしていた。

しかし、だから私の性格が歪んだ、という言い方だけは、私はしたことがない。歪んだとしたら、それは私のせいである。親は精々で、二十歳くらいまでしか私の精神生活に深く立ち入らないが、私は私と生まれてから今までずっと付き合っているわけだから、私以外に私の人間形成に責任を負う人はいない。

「流行としての世紀末」

357 どの植物を見ても、私は人間の歴史を見るような気がしてならなかった。人間も植物も宿命を持って生まれて来る。

飢餓に苛《さいな》まれる、深い谷に刻まれたエチオピアの台地に生まれた人々は、そこがどれほど水にも不足し、穀物の実りが少なかろうと、郷里から出て行くということだけでも困難なのである。

マダガスカルの北の端にあるディエゴ・スワレスという港町は、暑くて湿っていて、マラリアも多いという話だった。しかしその夕陽の赤さは麻薬的な魅力であった。こんなに夕陽が赤いんなら、もう何も考えなくてもいいや、と私は思いそうになった。私があの町に生まれたら、あの夕陽のためだけにも、あの町を出て行こうとは思わなくなるだろう。

　私たちは蘭かルフレシアのようなものであった。木の枝にしがみついて風に吹かれる性格に生まれたら大体一生そのまま。濡れた森の腐葉土《ふようど》の上にどかっと座りこんで咲いたらやはり性根は一生そのまま、というものではないだろうか。人間は住む場所に関して肉体的には移動可能だが、性格的には本来変化を示さないのである。

「バァバちゃんの土地」

人間の生活の原点

358 生活を、辛い義務と思えば辛いのだろう。しかしおもしろい、と思えばやることはいくらでもあり、うまく行った時は、かなり贅沢な思いにもなれる。義務を趣味にする魔法である。

ことに男性が、一人では何にも暮らせないようになっている状態こそ、残酷なものだ。昔風の、男子は厨房《ちゅうぼう》に入るものではない、などという思想は、ほんとうに困ったものである。人は男であろうと女であろうと、基本的には一人で生きて行けなくてはならない。それができない人は、「自由人」ではなく、一人になったらどうしようかという恐怖に捉えられている「不自由人」である。

「流行としての世紀末」

359　どのような生活でもよろしいでしょう。そこに明るい日が差している実感があれば、その人にとってその生活は自然で意味があるものなのです。
円《まどか》が親の懐から一人立ちしなかったことは確かに病的なことでしたでしょう。しかし、この世の生き方はどんなでもいいのです。その人その人によって生きていく姿は違っていていいのです。それを一つの典型で括《くく》ろうとするから、あらゆる醜い感情が生まれます。

「ブリューゲルの家族」

360　アフリカの幸福というものは、しばしば自分の正確な年齢も知らない、ということに起因している。だから死は永遠に遠い向こうにある。皆が字が読めて、出生届などという制度があり、平均寿命などという知識があるから、死期を予感したり、医学的予後を悲観したりする。死の予感が死ぬまでの日々を立派にする人もいるが、惨めな恐怖に脅える人も出るのである。
なぜアフリカへ行くか、という目的を、私はこのごろ、はっきりと自覚するようになった。私はアフリカの地方の素朴な生活の中にしばしば、私たち人間の生活の原点を見ているのである。

「近ごろ好きな言葉」

361 私たちは、しばしば自分たちがどういう生活から出て来たのか、その出身地を忘れている。水は汲むものではなく、栓を捻《ひね》れば出て来るものであり、このごろでは、カランの下に手を差し出せば出て来るものになった。電気がなければ、ワクチンもコンピューターも電気釜も使えない。夜の生活も原始に還って、夜でも書類に目を通すなどということは、まったく考えられなくなる。私たちが信じている便利な生活の諸機能が停止すれば、私たちはうろたえて文句を言う。文明は確実に幸福と同じ量だけ、不幸の種を運んだ。そのからくりが、アフリカに行くと、私ていどの眼力でも見えてくるのである。

やがて、いつの日かわからないが、アフリカも私たちと同じような社会形態を取るようになるだろう。すると私たちは、もう振り返って素朴な生活の原点を見ることができなくなる。私たちは出発点を見失うのだ。すると多分到達するべき地点もわからなくなる。

そんな病的な社会が来る前に、私は死んでしまうのだからどうでもいいのだが、二十一世紀が本質的に健《すこ》やかな世紀になるとは、私はあまり期待できないのである。

362 ユダヤ人たちは、苦難を決してマイナスのものとは考えなかった。「苦難に意味を見出した人は強い」とはっきり言う。タルムード（ユダヤ教口伝律法の総称。生活、宗教、道徳に関する律法の集大成）は次のように言う。

「イスラエルはオリーブの実に譬《たと》えられる。なぜか？　オリーブの実は圧迫されてはじめて油を産み出す。イスラエルの民も苦難にあってはじめて悔い改めるからだ」（メナホット53b）

ブラウニングは「挫折を歓迎せよ（Welcome each rebuff）」と言い、イスラエル人たちは今でも彼らの言葉で「問題のあることは良いことだ《トヴ・シェ・イエッシュ・パーヤー》」と言うのだと言う。

彼らの言葉も一つの真理である。しかし問題から逃れたいと願うのも当然の真理である。心配しなくても、問題がなくなることは現世ではないから、人間にとっていい状況は続くとも言えるが、世界的レベルで見ると、日本人は「問題がなくて困った状況」なのである。

食事の時、このごろ私は始終「アフリカの人のことを考えたら、雨の漏らない家に住んで、水が出てトイレが清潔で、乾いた布団に寝られて、毎日ご飯を食べられて幸せ」と言っている。これだけの条件を叶えられている人間の生活は、地球上でまだそれほど多くはないだろう。

日本に生まれたというだけで、私たちはある程度の幸運を得てしまった。そんなことは当然という人もいるが、私はどうしても当然と思えないのである。

「近ごろ好きな言葉」

363

「貧乏が健やかだなんて言ったら、たいていの人が怒るのよ。だから口が腐っても言えないことなんだけど、でも、それはほんとうなんだわ。

つまり貧乏の程度にもよるのよ。あんまりひどい貧乏になったら健やかどころじゃないでしょう。だけど、食べるものや寝る場所がどうにかある程度なら、適当な貧困は、少なくとも魂にいいの」

「夢に殉ず　下」

364 恐らく日本人というのは、信じられないほど冷たいエコノミック・アニマルだ、とフィリピンの人は思い始めているだろう。

金があるから、フィリピンの人手を安く使うのである。フィリピン政府は、日本人の老後を引き受ける仕事を、国家的事業として考えているようだが、そのビジネスが進めば、日本人は年取った親を捨てて省みず、扶養を他国に押しつける身勝手な人たちだ、という印象が定着する。それは、慰安婦や虐殺事件と同じくらい、国としては悪い印象になる。

それに較べてフィリピンの看護婦さんやメイドさんたちの表情はほっとさせる。彼女たちは、日本人のように気はきかないかもしれない。しかし相手が苦しんでいる時は、その人たちのために祈り、優しい笑顔を見せることを知っている。素朴な田舎で大家族で暮らす彼らの家庭を見ると、多くの日本人は羨ましいと思うに違いない。

彼らはヒーラーなのだ。

ヒーラーという言葉を、私は多くの場合、悪い意味で使っていた。つまり近代医学を信じないで、まじないをやることで病気を治す祈禱師《きとうし》のような人のことを指す時に使うことが多かったのである。しかしここでは、日本人のように高い教育を受けていなくても、心を癒すことのできる素質を備えた人たちがいることが描かれている。これこそ、ほんとうのヒーラー「癒す人」なのだろう。テレビで描かれている限り、生活の豊かな日本人の方が却《かえ》って不幸そうに見えるのも皮肉である。

「流行としての世紀末」

365 人間は、自分が今日食うためだけではなく、他人のために働く状態でなければ、経済的には豊かにならない。

日本でも、従業員や経営者は、可能なら、週休二日でも三日でもとればいいのである。その点は、私はアメリカやECと同じ意見である。しかし企業としては休んではいけない。夏休みを一カ月取ったり、日曜日には一斉に休むなどという愚かな習慣はアメリカとヨーロッパに任せるべきだろう。

香港でもシンガポールでもタイでも、繁栄に向かっているところでは、多くの商店が日曜日でも休んだりはしない。

「近ごろ好きな言葉」

366 今の日本に対する、アメリカとECなどの先進国の要求の風潮は、主なものだけで二つである。

それは、日本人をもっと働かないようにさせることと、内需を拡大することとの二つである。

結論を先に言ってしまうと、こういう世界の風潮に乗るのは、およそ愚かなことだと思う。

アフリカでもアジアでも中南米でも、貧しい国では、人々はあまり働かないのである。つまりのんびりした暮しをすれば、生活は貧乏になるということだ。働けば個人でも国家でも経済状態はよくなる。こんな当り前のことが、他の論理にすり換えられる時代が来たのである。


「近ごろ好きな言葉」

367 「アンディーは音楽の先生になるのもむずかしいことを知っているからね、そうしたら、魚や森の中の熊や狐や……」
「野生動物ね」

「それから鯨の……」

そこでサムは突然言葉がわからなくなってしまった。陸の上の動物でも海の中の生き物でも、全部、切って、頭、骨、肉に分けること……。

「そういうの、〝下ろす〟とか〝解体する〟とか言うのよ」

「ああ、そのことができる、って言うんだよ」

「どんな大きな魚でも、鯨でもできるの？」

「そう」

「それは大した技術だわ。一生、食べて行けるわ」

「だから、別にレストランをやるかどうか心配してないね」

それが独立した男と言うものだろう。魚だって、熊だって、鯨だって、解体の作業はどれも凍えるほど寒い所でやるのだろうが、人間は、寒さか暑さに耐えて働きますと言いさえすれば、必ず生きていける。

「極北の光」

貧乏も富も人を縛《しば》る

368 ただ、お金を使うようになると、いよいよその使い方にその人の哲学が必要になる、ということである。貧乏も富も、うまくしないと、人を縛る。貧乏にも富にも、どちらにも縛られない人だけが、ほんとうに精神的にも裕福な自由人なのである。

「大説でなく小説」

369 お金というものは変身が早い。正しく使えばお金を通して人間と神に仕える立場にいられる。しかし不正に使えば瞬時にして悪魔に仕える立場に転落する。

「流行としての世紀末」

370 お金の問題はやはり低い次元の話である。しかし低い次元の部分には却って単純明快なルールを自分で作っておかないと、心が腐ってくる。

得をしようと思わない、それだけでもう九十五パーセント自由でいられることを、私は発見したのである。

「悲しくて明るい場所」

371 いつも思うのは、寄付というとすぐ会社や労働組合を当てにするのはどうしてだろう、ということだ。寄付集めを少しでも実際にしたことのある人なら「金持ち、会社、組合、免税」がほとんど寄付集めの役に立たない四つの柱だ、ということくらい誰もが実感しているはずである。金持ちほど、人のためには金を出さない。会社は人間ではないから、心のこもらない横並びの拠金の義理を果たすだけだ。組合も命令で動くのだから個人の自発的な心ではないし、免税でトクになるならという計算をする人の金など、大きな力になるわけがない。殊にこの最後の、寄付の金額だけは税金から引くという特典があれば集まるだろうという、抜きがたい「迷信」もほんとうに困りものだ。寄付というものは損を承知でやるからできるものなのだ。

言葉を変えていえば、ほんとうにお金を出してくれるのは、人の痛みを自分の痛みとして考えられる慎ましい庶民だけである。

「週刊ポスト 96／7／12」

372 シスターの子供たちのいるスラムは、土の家に、電気もなく、水道もなく、トイレもない。彼らは職もなく、病気になっても医者にかかることのできない子供がいくらでもいる。赤ん坊は栄養失調で、十カ月だというのに生まれたてくらいの大きさしかない。
日本に帰ってきたら、新聞に「どうしたら豊かさを感じられるか」という意味の見出しが見えて笑い出しそうになった。

簡単なことだ。そういう不幸な人は、中南米のスラムかアフリカの奥地に送ればいい。そうすれば、すさまじい悪路と埃《ほこり》と、水道と電気がない生活を体験するから、その日のうちに日本の豊かさを実感できるようになる。

「週刊ポスト 96／10／25」

373　日本の個人生活に豊かさがない、と言う方たちには、私はやはり、一度、アジア、アフリカ、中近東、東欧、ソ連、中南米を、一人で旅行して来て頂きたい。これだけで、地球上の大きな部分を占めるが、そこでどのような生活があるか、実際に見て来てほしいと思うのである。

自分が持っていないものを嘆くなどということは平凡なことだ。しかし人間の慎みは自分の得ているものを謙虚に冷静に、地球的視野の中で評価することにある。「狸の幸福」

374　イスラエルの人々を率いてエジプトを出たモーセ自身が、会計報告を出すことに対して、もっとも厳しい考えを持っていたが、それは人々に疑われたからだという。「モーセが幕屋に出て行くときは、民は全員起立し、自分の天幕の入り口に立って、モーセが幕屋に入ってしまうまで見送った」という文章が「出エジプト記」(33・8)にあるが、この見送りには非難の眼差しがこめられていたようである。

あるミドラッシュ(紀元前三世紀から紀元前七世紀のユダヤ教の賢人たちによる聖書註釈)は、この場面に関して次のような解説を私たちに示してくれる。

「彼ら（人々）は何を言ったのか。モーセのうしろ姿を見つつ、人々は互いに言った。『なんという首だ。なんというももだ。彼はおれたちの食べるものを食べ、おれたちの飲むものを飲んでいるのに』その仲間が言った、『ばか者、幕屋を司っている者、その数えきれない、量りきれない金や銀を扱っている者に、金持ちになる以外の何を期待しろというのか。』これをモーセが聞いたとき、モーセは『生命にかけて、この幕屋の仕事が終わり次第、使ったものの総計を出そう』と言った。そしてそれが終わるや、モーセは彼らに言った、『これが幕屋の総計である』と」

まさにモーセは会計報告書を、人々に叩きつけた、という感じである。

ユダヤ人と違って、日本人には、人を疑う精神も、人が疑うだろうと思う敵意も希薄である。だから平気で金も使い込むし、金の使い方に関しても用心しない。敵意がないということは、日本では心の美しい人かもしれないが、外国では困ったバカだということになるだろう。そのような基本的な用心さえできない人が、政治家として、国民を率いることなどできるわけがない、という論理になる。

「悪と不純の楽しさ」

汚い金ほどきれいに使う技術と温かさがなければならない

375 貧しさに脅えれば、死にたいという欲求が減じるというからくりが、わりと早くからわかったのである。
誰かを当てにするのではなく、自分一人しか自分を生かす者はいない、という状況に自分を追い込むことしか、このどん底の気分を奮い立たせる方法はなかった。心の病気の治療代と思えば収入が減ることも仕方がないのではないか、と思う。人間はただで、病気を治すことなどめったにできはしないのだ。

「極北の光」

376 神父は私の心を読み取ったかのように「私は一人の人にたくさん出してもらおうとは思わない。聖ラザロ村のためにお金を出すということは、すばらしいことなんだから、できるだけ多くの人にチャンスをあげてほしいんです」とおっしゃった。この言葉に打たれましたね。

キリスト教的に言えば、お礼を言うのは、お金を出させていただくほうなんです（使徒行伝の中に「受けるよりも与えるほうが幸いである」というイエスの言葉が書き留められている）。

「大声小声」

377　シスターはもう長い間アフリカで働いているので、日本の事情もよくわからなくなりかけていた。休暇で一時帰国した時、送って来てくれた修道院の「姉妹（修道院内部の言葉＝仲間の修道女のこと）」に成田で別れを告げ、一人で出国手続きをしようとして、空港使用料として二千円が必要なのに気づいた。

「でも私は払いませんでしたよ。お金がなかったから」

シスター・黒田はこともなげである。

「へえ。お金がない、とおっしゃったんですか」

「ええ、そう言ったら、向こうは『じゃ、いいです』って言いましたよ」

どなただか知らないが、私は心からこの時の成田の係官にお礼を申しあげたい。私には内部の事情はわからないが、この方は少なくとも、よくものの見えた方だ。この方はまずシスターがほんとうにお金など持たずに生きていることを見抜いた。もしかすると、身内に修道女がいる方だったかもしれない。それで自分が立て替えた、というあたりが日本的常識であろう。

しかし人道や信仰のために働いている人に対しては、こうやって眼をつぶるのが、むしろ世界的なやり方だということを日本人はあまりにも知らない。「慈悲よりも規則」などという理論は、世界的にあまり通用していない。

修道女にお金を持たせないのは、修道院がけちだからではない。聖書の記述に由来しているのである。

「マタイによる福音書」の十章という個所は、イエスが初めてガラリヤ湖のほとりで生活していた素朴な十二使徒たちを福音宣教に遣わすに当たって、その心得を諭した場面である。入社して初めてセールスに赴《おもむ》く若い社員にも、参考になる要素がたくさん含まれている。

「(旅に出る時) 帯の中に金貨も銀貨も銅貨も入れて行ってはならない。旅には袋も二枚

の下着も、履物も杖も持って行ってはならない。」（10・9〜10）

つまりその仕事がほんとうに必要なものなら、自然に与えられる、ということだ。もちろん現実にはシスターの所属する修道院が、まったく小遣いを持たせずに旅行させたとは思えないのだが、シスターにすれば、予算として親元の修道院に申請してもらって行ったぎりぎりのお金の中には空港使用料などという項目はなかったので、そう言ったのであろう。

シスターの機内での食事は保証されているのだし、パリにでもブルキナファソにでも着けば、必ずまた向こうの修道院の姉妹が車で迎えに来ている筈だから、お金を持たなくても旅行できるというのはほんとうなのである。

「近ごろ好きな言葉」

378 金は不正な手段で得ることも多いが、そのこととその金を善用することとは、まったく別だ、という考えである。

「不正な富を利用する」ということは、富を施《ほどこ》しに使うことである。その結果として「友人を作る」というのは、金の力で自由になる人間関係を作るということではない。その善行によって神に認められることをさしている。

金は汚くても、汚い金ほどきれいに使う技術と温かさがなければならない、ということを二千年まえからユダヤ人は知っており、イエズスはそのことに真っ向から触れたのである。

「夜明けの新聞の匂い」

379 私たちが、この世で、金を必要とするのは、実は金から解き放たれるためである。金というものはおもしろいもので、なければ欲しくて金の亡者になり、あればそれを失うまいとして、金に使われるようになる。アグルはそのことについて知っていたのである。

もちろん、多くの人々の中には、巨大な富にも、いささかも精神を冒《おか》されなかった人もいれば、貧しさの中で溢れるような豊かな人生を楽しんだ人もいる。

しかし我々は、恐らく、そのどちらでもない。

凡庸な精神力を持っているのだから、我々にとっては、飢えのために主に祈る気力も失われるような貧困や、生きる目的がわからなくなったり、ひとを信じられなくなるほどの富はどちらもお荷物になるだけなのである。

「私の中の聖書」

人間は一人一人異なった賜物《たまもの》をもらっている

個人の才能は神から無料で貸し出されたもの

380 人間は一人一人、誰とも比べる必要がないのだ、とこの頃ますますはっきり思うのだが、それほど、私の見たところ、誰もがおもしろい使命を帯びて生きているのである。医師と消防士だけが人命救助をするわけでもないのだ。娼婦も酒屋さんもお風呂屋さんも赤ん坊も、知らないうちに、自殺しようと思っていた人を生に向かわせたことがあると思う。娼婦の存在がいいというのではないが、人が性によってもっとも直截《ちょくさい》に生きる目的を見つけるのはごくありふれたことである。酒に酔うと多くの人はあまり厳密でなくなるから、自分の死の理由も見失える。お風呂に入っている人間は、あまり他人や自分を殺すという情熱に没頭できない。そして自分一人では生きられない赤ん坊を見る時、多くの人は反射的に死の行為ではなく、生に向かう姿勢を取るようになる。

おもしろいものだ。

誰もが、必ず何か大きな仕事を果たしていると思うと、それでいっそう私たちは他人への感謝を持つし、自分が何かをしたという自負を持つこともなくなる。

「近ごろ好きな言葉」

381 もし人間が、自分の体の不備や人と比べて劣った点をすべてなおすことができ、飢えや貧困に悩まされることがない、ということになったら、その時の不幸は、どのような学問や医師の力をもってしても治癒できないほど深いものになるでしょう。その場合、人間は素早く、そのような自己改変を要求する「権利」が自分たちにはある、と思うようになるでしょう。しかし現実には、それらをすべて叶えることは不可能ということが眼に見えているからです。

その時、社会は不満の塊《かたまり》となり、自殺や発狂する人がどれだけ増えるだろうかと思われます。その不幸感はどこから来るかと言うと、その時人間は、それまで創造主と呼ばれていた神のみの仕事の結果と思われていた「先天性」という概念を認めなくなるからです。つまり、人間の肉体は限りなくデザイン変更の利《き》く物質になりますから、もはやそれなりに完成したかけがえのない個人という発想は持ち得なくなります。不備な肉体から、私たちはその存在の意義を認めるという崇高な作業を行い、不備故に二つとない崇高な個人の存在を自然に承認できるのですが、それは科学の敗北、医師たちの怠慢の結果だとしてただ攻撃の目標になるだけになりましょう。

今までは一人の存在をそのまま、まるごとトータリィに大切だとしたものを、これからは改変されたもののヴァリューで計るということになると、そこで人間の分際そのものが変わってきます。不備は人間の権利として取り除き、あらゆる人間を「完成品」にした時が、人間の勝利という発想になると、それはとりもなおさず人間が神と同じ高みにまで成り上がろうとすることですから、それは必ず失敗するだろう、と私は思うのです（もっとも、自慢ではありませんが、今まで私の立てた予測というものはほとんど当たっていません。社会主義が長続きしないだろうという予感だけは、辛《かろ》うじて当たりましたが、その他の予測は百パーセント当たらないと言ってもいいくらいです。ですからこういう予測をすること自体、多分まったくの無駄だろうという気はしています）。

「近ごろ好きな言葉」

382 人間は皆平等で、才能は開発されさえすれば誰にでも可能性があるなどというどこかの国の聞いたような教育論を、ものの見事にうち砕いたのも、オリンピックである。陸上の短距離の決勝に残るような選手のほとんどが黒人の選手によって占められていることを思う時、私たちは人間の才能が決して平等ではないことを知る。人間には、自分ではどうにもならない動かしがたい素質がすでにインプットされている。ネグロイド（黒人）にはネグロイドの、コーカシアン（白人）にはコーカシアンの、モンゴロイド（黄色人種）にはモンゴロイドの、この地球上における任務というものは違っているはずである。ただしそこには違いはあるが、上下はない。上下はないからと言って、同じになれることではない。

「愛と許しを知る人びと」

383 才能に違いのあることは、神が個人個人に異なった贈り物をされたということにすぎず、それにおかしな優劣をつけたのは、その神の意図の分らない人間の判断だったのである。

「心に迫るパウロの言葉」

384 見下すも、見上げるもない。人間にはそれぞれにまったく違う資質を与えられ、それがオーケストラの一つ一つの楽器のように、社会というオーケストラを構成するのに必要なのである。ヴァイオリンは大切だが、ヴァイオリンだけではオーケストラにならない。

（中略）

この世で必要とされていないポジションと才能はない。格差そのものが個性である。おきれいごとの、理想主義的な教育論の氾濫《はんらん》する中で、私は、聖書にこそあからさまにして現実的な甘くない教育論が用意されているのを見るのである。

「私の中の聖書」

385 人間が今持っている、肉体的、精神的、物質的、社会的、心理的なすべての良きものは、神からきたものだというのである。それは、簡単に証明できる。私たちはどんなに気をつけていても、自分に与えられていたものを一瞬にしてなくすことがあるのである。

「心に迫るパウロの言葉」

386 「じゃま者なんて、この世に一人もいないのよ」
雪子がその言葉を本気で言っているらしいので、富士男は混乱を覚えた。

「そんなことないよ。世間には、死んでくれたらいいと思われている人間が結構いるんだよ。僕もその一人だけど」

「それならそれでもいいのよ」

雪子は穏やかに言った。

「ひどい運命に遭わないと立派になれない人っていうのもいるものよ。だから、それはそれで意味があるんだわ」


「天上の青」

387 植物はすべて、本来それが生きていた状況にできるだけ近い環境を造ってやることが必要なのである。
植物だけでなく、それは人を活《い》かす方法、優しさの基本でもある。木の上にしがみついて渇《かわ》きに耐える蘭もあれば、湿気《しけ》た森の腐葉土に蹲《うずくま》るものもある。

388 改めて考えると、差別ほどおかしいものはない。私は今まで立派な人々にたくさん会い、その人々に深い敬意を払うことでまことに快い喜びを味わった。時には私とこの人とは同じ人間なのだろうか、と思うこともあった。どうしてこの人は、こんなに数学ができるのに、私はダメなのか。この人からみれば、私は人間とも思えないだろうと考えた。にもかかわらず、私は大して引け目には思わなかったのである。どんな偉い人よりも、私の方がましだと思うことがあったからである。もう少し詳しく説明すれば、私の方が頭が悪いということそのものが、この世に生きて行く上で、明らかに強味であるとさえ感じたからである。

それに加えて、私はあやしげなキリスト者であった。神の前には、人間など誰もが完全ではない、ということが骨身にしみている。人間の間では大きな差異も、神の前には、大した違いはない。ということは、自分が相手より、力が強いとか、頭がいいとか、金や権力を持っているとかいうことも、神の前ではお笑いぐさである。優位でも劣等でもお笑いぐさだということを小さい時から教えられて来た。

「ほんとうの話」

個人的な実力をつける

389　生まれる時と場所だけは、誰にも選べないんだよ。ひどい話だろ。そういう現実をはっきり見れば、人間には平等も自由もないことなんか、はっきりわかるのに。

「夢に殉ず　下」

390　私に言わせれば差別語を少しでも使ったら騒ぎ立てるというやり方が、こういう人——差別語はまったく使わないが、実は差別の感覚に満ちている人——を作ったのである。なぜなら、口では危険な言葉を使わず、心では深く差別する分には、少しもやっつけられないということを、狡《ずる》い人ほど早くテクニックとして身につけたのである。

「近ごろ好きな言葉」

391　差別というものは、されている側が、している側に向かって、心の底からそのような感情を追放せよ、と言ってみてもまったく無駄なものだと私は思っている。一番いいのは、感情的に差別されても一向に困らない、というシチュエーションを作ることで、そういう場を作り守ることが法治国家の任務であり、そう思える心理状況に到達することを、個人的な実力というのである。

「近ごろ好きな言葉」

392　世の中には、悪い言葉も悪い考えもれっきとして存在するのだから、それらを表する言葉はすべて使用可能にしておかなくてはならない。しかしそのようなものは一切使わないという自己規制で世論を締め上げ、今もそのマインド・コントロール下に自他を置こうとしているのがマスコミである。

「近ごろ好きな言葉」

393 今の時代には、見当違いであっても、非難されないことを言っている方が無難安全だから、誰も生きた日本語の本当の豊かさを教えないのだろう。人間の生活には、いい言葉も悪い言葉もある。それらを適切な時に、裏にも表にも自由に使えることが、国語教育の目指さねばならないところである。それを通りいっぺんの表現だけしか教えない方がひどい差別だと私は思うのだが、生徒の方が通りいっぺんを好むのかもしれない。

「近ごろ好きな言葉」

394 テレビ局というところは脅されればいくらでも引く。

そのいい証拠が、差別語に対する異常なまでの恐怖心である。人を差別しない、というおおらかな心でそうするのではない。ちょっとでも怒られるようなことを言って文句を言われると厄介だから、とにかく触らぬ神にたたりなし、の態度、つまり差別の権化なのである。テレビの場合、差別語を使った人は誰だか場面で明瞭にわかるわけだから、非難はその人が浴《あ》びればいいので、何も局が謝ったり消したりする必要はない。

「週刊ポスト 96／4／26」

395 ペンは剣（武力・暴力）よりも明らかに弱い証拠は、当時から歴然としていた。テレビは、少しでも煩《うるさ》い視聴者には、何でもいいからことなかれ主義で迎合し続けて来たのである。オウムは煩い視聴者だから、当然屈した。この傾向は、今でも、まったく同じように、どの局でも続いているはずである。

それなのに、表向きは「ペンは剣よりも強い」とか「報道の自由」とか言う。この上はむしろ「やはり剣はオッカナイから言いなりになります」と現実を認め、「報道は自由にはできません」と認めてこそ報道は自由になる。

「週刊ポスト　96／4／26」

396 今の世界では「悪いこと」が話せない。日本でもアメリカでも韓国でもそうらしい。はっきりしておくが、悪いことをいいことにしようというのではないのだ。そこを混同してはならない。悪いことだが、現実にそういうものがあるという表現さえ口にできなくなる。現実の確認や認識さえ、非難の的になると、人は嘘と知りつつ体裁のいいことだけを言うようになる。

それは社会主義がやって来た方法である。その場合、早く、大きな声で相手を告発した方が勝ちだ。そしてうまくいけば、自分の簡単な論理に当惑して沈黙しているテキを、社会から葬《ほうむ》り去ることができる。

そのようにして、虚為的な世界がどんどん広まる。懐疑心がない人は、ますます自分がほんとうにいい人間だと思い込み、懐疑心に満ちた人は部分的に嘘ばかりついていなければならないので、たぶん胃潰瘍になる。ものごとが見えないので健康な人と、ものごとが見えるので病気になっている人だけが増える。

「流行としての世紀末」

397
「あんな」という表現に対して私は何とも言えない。「あんな」ことがなかったという保証を私がすることはできないが、「あんな」ことが確実にあったという証拠も立証されていないからである。私たちは人生で、多くの場合このような不安定に耐える気力を持たねばならない。
しかしこの不安定な状態に、日本人も、日本のマスコミも恐ろしく弱い。だから人間を善人か悪人かのどちらかに決めてかかる。しかし私は昔から、人間も社会も組織も、本質的には善と悪の要素を兼ね備えたものだろう、ということだけは疑ったことがなかった。ただ確かに人によってその組み合わせのパーセンテージは違う。それにしても、百パーセント純粋の善人も純粋の悪人も、私はまだ現世で見たことがない。

「近ごろ好きな言葉」

398　評判などというものは、よくしておこうとするからエネルギーがいるので、最初から悪くしておけば、こんな爽快なものもない。善人と言われる人が少し悪いことをすると、世間はすぐ非難するが、悪人と評判の人間が、取るに足らないほどの僅《わず》かの善行でもすれば、世間は「あの人も案外、いいとこあるのね」などと言う。だからほんとうは、まずさっさと悪評を取ることがこつなのだ。

「天上の青」

互いに重荷を担《にな》い合う

399 盲人の人たちに、神は特別の使命をお与えになった、というのである。それは言葉を換えていえば、そのような人々には神は特別な力をお与えになる、ということでもあった。盲目になることは、自分でその状態をひたすら耐え続けることだ、と私は思った。それで私は苦しかったのである。しかし、実際には、神はその時には力を貸して下さるというのである。

殉教者のことを英語ではマートルというが、それはギリシア語のマルトュレイオーという言葉から出ている。マルトュレイオーは、「殉教する」という意味を持つと同時に「証《あか》しする」ということでもある。つまり、殉教者というのは、けっして私たちが考え差別するように、生まれつき強い人々ではないのであった。彼らもまた、水責めを恐れ、火あぶりを怖がる凡庸な人間であった。しかし、彼らがその立場になった時、神は彼らのために特別の力を貸して下さった。そして彼らは人間には耐え難い苦痛を耐えぬき、死んで神の力を証しする人になった。

殉教者はけっして磔《はりつけ》や火あぶりや、ライオンに食われる刑場にだけいるのではない。人間に与えられている、と思われている力以上のもの——神から与えられた部分——を示した人は総て殉教者なのだ。

私は自分ひとりでその闘いに勝つことはできない、と思ったので、その道から逃れさせて下さい、と祈ったのであった。私は神から力を貸してもらう栄光を捨て、証しする人になる重荷を断った。逃げ出した人間が、留まっている人に何を言うことができよう。

「贈られた眼の記録」

400 悲しいことだが、人間は誰でもいつでも、正確に理解されることはなくて当たり前、と思うべきだろう。そこで苦労も闘いの必要性も出て来る。もっともある年まで生きると、この世で生活するということは、人間が温かく理解されることと共に、無視され、誤解され、反対される苦しみに耐えることも含まれるということが自然分かってくる。そしてもしこのような苦しみがなかったら、私たちは誰でも、今の自分より幼稚になり、早く老いるだろうということは間違いないようにも思われる。

「心に迫るパウロの言葉」

401　彼は選ばれたのであった。もはや人生で迷うことはない。

しかし選ばれるということは必ずしも喜ぶべきことではない、と私は反射的に思う。級長に選ばれたら悪いことはできない。組合長に選ばれたら時間がなくなる。社長に選ばれたら孤独になる。指揮官に選ばれて負けたら、戦犯で処刑される。選ばれるということはいっとき名誉かもしれないが、後にはむしろ苦しみの連続が待っているだけである。

「心に迫るパウロの言葉」

402　「自分の重荷」の概念の中には、自分の心の歪《ゆが》みも入っているに違いないと思っている。ただ人間は五キロの荷物を背負わされると重い重いと言ってぼやくが、五キロ太った後で階段を上っても、あまり重いとは言わない。同じように自分の心の卑怯さや、いやらしさは、もしかすると感じないのかもしれないが、その結果は明らかに私の重荷となって残るのである。

「心に迫るパウロの言葉」

403 重荷を背負わされた時から、その人は明らかに、神と個人的な繋がりができたのである。その人は神に語りかけられたというほかはない。信仰がない人は、こういうことを私が言うと、「いい気なもんだ」という。「神がその人を愛しているなら、なぜその人に神は健康をくれないんだね」ということにもなる。

しかし、その人を完成させるために神はあらゆる手段を動員される。いま教育の改革がしきりに叫ばれているが、神こそ画一ではない教育の名手である。神は思いもつかない方法でその人を人間として完成される。その手段が特に重荷なのである。（中略）

この社会というものが、病む人と健全な人と両方がいて初めて普通なのだということであった。そしてその両者の自然な心の繋がりを確認させるのは、形こそ違え、誰もが同じように持っている「重荷」なのだということも理解できたのである。

「心に迫るパウロの言葉」

404「何がなくても、ほとんど人間は何とかやっていけるらしいよ。視力がなくても、耳が聞こえなくても、何とかやっていける。お母さんが東京に住んでいた時、隣のうちの子が目が見えなかったけど、鬼ごっこだってゴム飛びだって一緒に遊んだよ。ぜんぜん労《いたわ》った覚えがないものね」

「へえー」

「何がなくちゃだめ、とか、誰がいなくちゃいけない、なんて思うのは、間違いなのよね。何がなくても、誰がいなくても、人間は何とかやって行くんだから。ことに自分がいなかったら、大変、なんて思うのは大間違いね。そんなことを思うから、威張《いば》る人が出て来るの」


「極北の光」

善からも学ぶが、悪からも偉大なものを学ぶ

405 ── キリスト教が単純な性善説でないことは、どれほど私にとって優しいことだったか知れない。人間は本来、誰もがいい者であるなどと保証されたら、私は自分が規格はずれだと思いこんで、その場を立ち去るほかはなくなる。

しかし初めから正しい者も、完全に善行を行う者も、一人もいはしないのだ、と言われる時に、むしろ私は心おきなく、自分の弱さや、他人の弱点を見つめることができるようになる。そして自分はもう許されないであろう、とか、あの人は許し難い人間だとか思わなくて済むようになる。なぜなら、悪い点のない人間はいない、と聖書は、そもそもの初めからかくも明確に断言し続けているからである。

「心に迫るパウロの言葉」

406
そもそも存在しているものでまったく人を傷つけないものなど、厳密に言えばない。それに、私たちは善からも学ぶが、悪からも偉大な教育を受ける、という真実を忘れると、人間はどんどん小児的になる。
「夜明けの新聞の匂い」

407
文章もおしるこも少量の塩を入れないとだらけた味になる。
「夜明けの新聞の匂い」

408
健康は他人の痛みのわからない人を作り、勤勉は時に怠け者に対する狭量とゆとりのなさを生む。

優しさは優柔不断になり、誠実は人を窒息させそうになる。

秀才は規則に則《のっと》った事務能力はあっても、思い上がるほどに創造力はなく、自分の属する家や土地の常識を重んじる良識ある人は決してほんとうの自由を手にすることはないのが現実である。

いかなる美徳と思われていることでも完全ではないことを知ると、人は何をやっても、自分が百パーセントいいことをしている、という自覚を持たなくなる。それが大切なのだ。

「二十一世紀への手紙」

409 人間は誰一人として理想を生きてはいない。理想は持ちながら、現実は妥協で生きている。我々の生きる現実、対面する真実は、理想にほど遠く、善悪の区別にも歯切れが悪く、どっちつかずである。しかしむしろその曖昧《あいまい》さと混沌に耐えることが、人間の誠実さと強さというものなのである。それに、あることの醜さを自覚している限り、人間は決して本質的には醜くならない。

「二十一世紀への手紙」

410 あえて暴言を許されるなら、偏《かたよ》らない思想というものも現世にはなく、もしあったとしてもそれはあまり意味もなく、おもしろさもないであろうと思われるから、私は偏っていることを認識しつつ、偏ったままで生きることにしたのである。

「二十一世紀への手紙」

411 「酒の上で、なんて言いわけ、私、男らしくないと思う。何かやる時は、いいことでも、悪いことでも、はっきりわかってやるべきだわ」
「天上の青」

412 人間の社会から、毒麦の要素を取り除くこと、それは、悪いことをする友達もいず、非行に走らせるきっかけを作るような環境もなく、正しい論理の中だけに人間を置こうとすることです。

それはいいことです、と言おうとする言葉の下から私は、そうなったら発狂するのではないか、と考えたくなります。

正直なところ、人間社会に悪がなかったら、私は決して徳の偉大さを見つけることもできなかったでしょう。

私はすべてのものから学びました。愛からも憎しみからも、喜びからも悲しみからも、健康からも病気からも、賞賛からも侮辱《ぶじょく》からも、受諾からも拒絶からも、穏やかな日々からも戦争からも、貧乏からも裕福からも、です。もちろん、いいほうだけあったらとその都度思いはしましたが……そうなったらそういう状況は、運命の奇形、いびつな教育環境というものです。なんでも片方だけしかなかったら、人間は恐らくろくなものになりませんでしょう。

「聖書の中の友情論」

ほどほどの悪と共生して生きる

413　人はよいことをしても、悪いことをしても、せめて覚えていなければならないのではないでしょうか。心にもないことをしでかしてしまうことはよくありましょう。しかしそれを記憶することは必要だと思うのです。

「ブリューゲルの家族」

414　小説を書くために、自分をできるだけ客観的に見る癖をつけたおかげで、私はあまり人を非難しなくなった。現代は告発がかっこよく思われる時代である。しかし告発する姿勢というのはほんとうは寂しいものである。なぜならば、それは他人と自分を画することだからだ。人のする（悪い）ことは多分自分もする。人のできる（いい）ことは、もしかすると自分にもできる、と思っている方が、私は心が温かいことを発見したのである。

「悲しくて明るい場所」

415 悪という極めて人間的な思考や行動には、最低二つの反応があって当然である。一つはその悪に傾くことに抵抗する妙味であり、もう一つは悪を犯した時に負った傷の苦痛に苦しむことである。このような抵抗や苦悩という人間的な心理の作用が働いて、人間と社会はバランスを取って動いて行くのである。

「週刊ポスト 96／8／9」

416 冷酷と暖かい心とは、どちらも、人間の能力を最大限に伸ばすのに役だつ。暖かい心で立ち直る時もあるし、誰も助けてくれない、と思い定めた時、私たちは思いがけない力を発揮することもある。だからどちらもないと私たちは生きていけない。

寛大についても、暖かい心で人を許す人もたくさんいる。しかし総じて私たちは誰も意地悪なものである。とすると、相手が自分の思い通りにならない時、私たちはその人を苛《いじ》めるという手に出る。しかし少なくとも、相手が大して眼中になければ、相手の非や能なしぶりを責めることもない。

冷酷は、そういう場合に救いをもたらす「下限の徳」であった。「悲しくて明るい場所」

417 表現したいものが見えて来ない理由には、さまざまなものがある。その最も大きな理由は、自分をよく思われたい、という情熱である。もちろん自分を飾って、現実の自分より少しでも上等な人間に見せたい、という思いは誰にでもある。優しい、誠実な、頭のいい、できれば美人だとさえ見られたい、と私たちは願う。
しかし人間は、ある部分は隠せても、全部を隠しおおすことはできない。むしろ、自分の中にある醜い部分、嫌らしい部分をはっきりと意識して、そのことに悲しみを持つ時、自然、その人の精神は解放され、精神の姿勢もよくなる、と私は思うのである。

それに、この世で、私の身の上に初めて起こったというような恥はない。そんなふうに考えるのは、むしろしょった行為である。私が苦しんでいるような恥は、もう、この地球上で、数万、数十万人の人が苦しんだことなのだ。「悲しくて明るい場所」

418 人間は誰でも、しばしば利益のために恥ずべきこともしそうになるものだから、その事実を人はせめて隠そうとする。その操作が恥を知る人間の行為というものなのである。しかし彼らは、それを隠そうともしなかったという点で、さらに恥知らずだということになる。

「近ごろ好きな言葉」

419 戦争も、姦通も、金融恐慌も、病気も、窃盗も、麻薬中毒も、その否定的な部分は部分として、その悪が現世で持つ意味を、やはり発見できる人になった方がトクだと私は思ったのです。

恐れることはない、総てを正視せよ、ということでしょうね。もし正視する勇気を持てれば、それらのものは、私たちの精神を犯すどころか、大きな発見を与えてくれたことになります。

「親子、別あり」

420　人間の最大の才能は、直接自分の保有している牝《めす》や餌を奪うのでもない相手でも、観念をエネルギーに、殺せることね。これはもう、想像を絶した才能ですよ。猫は相手に噛みつきはしますけれど、それは、相手が逃げればいいだけで、殺そうとする程の情熱はないのよね

「飼猫ボタ子の生活と意見」

421　私が生涯「仲よし」にならなかった人種は、自分が人道的に正しいことをしている、と思っている人たちであった。「一人の人間の命は地球よりも重いじゃない」と片方で言いながら、「生む生まないは女の自由よ」と言うのは論理に矛盾があるのに、そう言って自己肯定をした人たちである。そういう辻褄の合わない人とは、どう付き合って行ったらいいかよくわからなかったのである。胎児は中絶しないかぎり、そのほとんどは生き続けるれっきとした命で、しかも抗議も署名運動も反対のデモもできないもっとも弱い存在だということは明白なのだから、もし一人の人間の存在が地球よりも重いならば、胎児を中絶するなどということはもってのほかだ。胎児は無抵抗の存在だが、れっきとして生命そのものであり、その弱者を勝手に「間引く」という思想は戦慄すべきことだろう。

しかし「人間は、自分を生かすためには、子供だって見殺しにすることもありますよね」と言う人とは、私は親友になれた。自分の中にある毒麦の要素を承認した人である。

「近ごろ好きな言葉」

422 人間は徹底して皆同じようなものである。むしろ、ある人に関して、百パーセントいい人だと信じたり、鬼のような悪い人だから避けなければならないと思ったりする時、必ずそこには拡大された不正確な先入観が入りこんでいると見ていい。

人間は皆、中途半端なのである。その曖昧さに、私たちは耐えねばならない。いい人かと思っていると、卑怯な面が見え、悪い人かと思っていると、思いがけない優しさが覗《のぞ》く時もある。

「悲しくて明るい場所」

423 「そう、貧しいと人間何でもできるようになる。お母さんだって、戦争中、人の畑の作物盗んだことがあるから」

「何を盗んだの？」

「ノビルが生えてたのよ。作ってたんだか、自然に生えてたのか知らないけど、とにかく他人の畑に生えてるものでしょう。やっぱり採る時、あたりを見回したもの。その時、お母さんは一つわかったことがある。盗み、ってものは、盗みだと思ったら盗みなのよ。だけど、摘み草だと思えば、摘み草なのね。お母さんは、明らかに盗んでる、って自覚したから、いいことしたよ」

「どうして？」

「一度くらい、盗んだってやましさを持つ方がいいのよ。そうでないと、自分で自分を人格者だと思っちゃう」

深く謙虚に不純な人間に

424 水と同じで人間にも純粋ということは滅多にない。またもしあったところで、蒸溜水がおいしくないように、純粋な人と深く係わることになったらむしろその純粋性に困らされるであろう。いや、こう言うべきであろうか。私たちは完全に純粋であろうとしてもどこかで必ず計算しており、反対に冷静に役得ずくでやろうと決心しても、どこかでどうしても計算を度外視してしまう。例外はあるかもしれないが、ほとんどの人がこのような矛盾に満ちて行動しているのである。

「夫婦、この不思議な関係」

425 事実、世の中は正しいから通るとは限らないのである。私たちの行為の意図が悪くなかったのだから、人もそれをよしとすべきだというのは、あまりにも甘えたものの考え方なのである。
アウグスチヌスは「すべて存在するものはよいものである」と言った。これは、考えれば考えるほど恐ろしい言葉であるが、真実である。それを理解するには、決して「子供っぽく」てはできない。私はもっと深く謙虚に不純な人間にならねばならないのである。

「心に迫るパウロの言葉」

426 どこの国の、どんな人の、どんな仕事も不純である。その不純の程度も、個人の段階で個々に比べたら大いに純粋な人もひどくいいかげんな人もいる。が、集団となったら、大した違いはない。

「夜明けの新聞の匂い」

427 日本人の多くは、性善説である。その方がうるわしいことはわかり切っているのだが、私は自分の心を眺めて、昔から性悪説を取ることにしたのである。
性善説の方が一見安らかなように見えるが、そのグループは、裏切られた時、愕然《がくぜん》とするだろう。一方、私のように性悪説を取っていると、疑いが杞憂《きゆう》に終わることが多い。そしてその時、自分の性格の嫌らしさに苦しむことはあっても、いい人に会えてよかった、という喜びは多いのである。つまり性悪説の方が結果的にはいつも深い自省と幸福を贈られるという皮肉である。

「悪と不純の楽しさ」

428 しかし宗教家が必ずしも家族に優しいということはないのもまた、おもしろいところであった。むしろ他人を助けることに熱心な人ほど、身内は放っておくというきらいがある。

「夢に殉ず 下」

429 私はものの考え方は不純がいいと思う。むしろ小さなことでは不純を許す方がいいと思う。人間には、自分を疚《やま》しく思う部分が必要だ。自分は正しいことしかしてこなかった、と思うような人間になったら、周りの者が迷惑する。自分の内面の美学や哲学には不純であってはならないけれど、生きて行くための方途については誰も理想通りにはやっていないのだから、その誤差をおおらかに許せる人の方が好きなのである。

「悲しくて明るい場所」

430

「善意ほど困るものはないのよ」

私は言った。

「そう思いますか。善意を否定するのは、むずかしいね、って僕は言ってたところなんですけど、善意はやっぱりよくないですか」

「否定はしません。ただ、善意の持ち主はいい気分で、こちらは深く困るだけなの」

「一枚の写真」

431

正直なんて、昔から、大したものじゃなかったんですよ。しかし今、それを言ったら、大変なのです。私は口を閉ざしています。

「一枚の写真」

432 砂漠では、大きな真実と、鮮やかな嘘が同居している。どちらも人を生かすために必要なのだ。

「ドント・ワリイ・ノー・プロブレム（心配しないで。問題ない）」

とアラブの人が言った時には、必ず何か問題があるのだから、用心した方がいい、と教わったのは、初歩の段階である。

「ビリーブ・ミー（私を信用してください）」

と言われたら、これはもう何かウラがあるのだから、信用してはいけない。

人を信じないということは、彼らにとってはものを食べるという行為と同じ程度に自然なことなのである。日本のように、それはすなわち、心根や根性の悪さを示すということにはならない。

「大説でなく小説」

人間のルール　社会の原則

勝者もなく、敗者もなく収める

433　日本人は、平和と麗《うるわ》しい人間の心は誰もがたやすく達成・保存できるとし、戦いを異常で残忍な特別な性格の人の所業と見なす。どうしても戦う時は、自分は平和主義者だから、そのようなことには手を触れられないので、自分ではない誰かがすればよい。その場合、人殺しの罪はその人が負うのであって、自分ではない、と考える。

しかしユダヤ人は、人間が生き延びるために、抗争は常に、不可避だと考え、そのための血は、他人に流させるのではなく、自分も流すべきだ、と考える。日本では国民皆兵は悪の制度だが、ユダヤ人は国民皆兵でない制度こそ、差別と利己主義に満ちたものだというだろう。そこに大きな違いがある。

「愛と不純の楽しさ」

434──ものごとの論議が、いつも百パーセント主義で話が進められると、必ず不正確になる。天災は百パーセント、イノセントな人も殺すが、人間の争いや国家間の戦争には、どちらかが百パーセント悪いということもなく、百パーセントいいということもない。いつも必ず双方にいくらかの責任はある。

「流行としての世紀末」

435──アラブの知恵では、戦いはすべて「勝者もなく、敗者もなく」収めなければならない、ということになっている。これができればすばらしい結末なのである。そのような戦いの結末には、必ず、柔らかな慈悲の香と、抑えた知恵の輝きさえ感じられる。

「流行としての世紀末」

436──戦うということは、当然危機や損を覚悟して行動することを含むであろう。しかし今の日本では、戦うということは得をするための戦術であり、自分が傷つくことはまったく計算に入っていない。

「流行としての世紀末」

437――ほんとうの寛容や無抵抗は、そのために自分が理由なく殺されることも当然覚悟し、無抵抗に徹して、死ぬより辛い生涯を送ることをも受け入れようと決意する場合にのみ、初めて完成する。しかし私は弱いから、自分がそのような決意を通し切れるかどうかもわからない。

言葉の上では簡単に言えることでも、現実にはひるむことが、私には多過ぎる。そういう自分の姿を見せつけてくれるのが戦争の贈り物なのである。

「大説でなく小説」

438――平和と幸福は、日本以外の多くの国では、基本的には自分の命や財産や家庭や愛を犠牲にして辛うじて手に入れるものなのである。平和運動で手にできるものなどではない。

「大説でなく小説」

439　過去に、人間をほんとに駆り立てたものは、宗教と戦争だけじゃないのかな。

「中吊り小説『帰る』」

440　人間も国家も存在する限り、絶えず罪を犯す。むしろ私は、自分と国家の〝罪ある歴史〟をそのまま冷静に明確に自覚しつつ生きること以外に、全体的な成熟した人間や国家を生きる方法はないと思っているだけである。

「夜明けの新聞の匂い」

441　反戦運動は、その人にとってはしないよりする方が悪い、と私は思う。なぜなら、反戦運動に署名したり、鶴を数羽折ったり、反戦歌を歌ったり、デモに参加したり、あらかじめ決められているおしきせの言葉を書いた葉書一枚を総理あてに出したり、黄色いリボンを胸に飾ったりするだけで、もうその人は平和のために働いたような気分になるからである。何もしない人は、自分は何もしなかったという負い目を感じている。その方がずっと人間的である。この平和蜃気楼《しんきろう》現象は、今世界各地にひどい速度で広がっている伝染病である。

「大説でなく小説」

442 昭和二十年の春から夏にかけて、私は度々死と隣り合わせになる瞬間を感じた。東京のひどい空襲はその時期に集中していた。私の平和への実感的希求は、そこから出発した。私にとって、平和は理想ではなく、死なないための現実の手段であった。しかしそれほどに恐怖した戦争から、私は多くのことを学んだ。戦争からは何ものも学ばなかった、忘れたい、という人はどんなチャンスでもむだにする人だろう。

八月は、忘れるべき情緒と、尊厳なる過去として保存すべき冷静な要素を、もう一度仕分け、その意味を再検討する月である。

「大説でなく小説」

443 軍備は持っていて使わないのが、最高の形である。力を持つ平和は可能であるが、力を持たない平和は机上の空論であることを、私は人間というものの本質を見つめた上で、悲しいながら認めざるを得ない。

「二十一世紀への手紙」

平和はかりそめのものである

444　死なないことが、人生の目的ではない。もちろんたやすく死んでは何もならないから、私たちはあらゆる訓練の過程を踏み、知識をつけ、トレーニングを続け、予測する能力を磨く。しかしそれ以上のことは、もはや運命の領域である。

危険のないことが最大の目的になっている人生など、私にはただの一度も魅力的に思えたことがないのである。ただ卑怯な私は、危険を意識し、そこから逃げようと画策したり、どうしたら小狡《こずる》く立ち回れるかと思ったり、自分の安全のためにどんなふうに魂を売るかを自ら眺めることを楽しむようなこともした。

親たちが、子供にナイフを与えることを怖がるようになってから、社会は自律神経失調症になった。暑さ寒さを完全に調整する部屋にばかりいると、やはり体調はおかしくなる。そうでない人もいるかもしれないが、私の中には人間の健全な野性も埋め込まれているから、やはり完全な安全は私をとり殺すように感じられたのである。

「悲しくて明るい場所」

445　闘うのは愚かなことなのだが、闘って自分の身を守るという原初的な気分がないと、精神的エアコンの中で自律神経失調症になっている人のようになる。あるいは、生活に困ったことのない金持ちの坊ちゃん息子のようになる。そしてそういう人たちが、明日の生活に困るという健全な危機感さえも忘れて、地球は間もなく破滅しそうだ、などという病的な気分になるのである。

「近ごろ好きな言葉」

446　ヘブライ語において、共に平和を願う「同志（ダミーム）」ならば、それは同時に血か金《かね》を流してくれる相手を意味する、と言われている。同志と言いながら、ダイインや、支援のコンサートや、平和の環《わ》や、署名運動や、意見広告を行う程度のことしかしない友を、ユダヤ人たちは決して同志とは見なさないというのである。同志とは「血か金か」そのどちらかをさし出す友のことを言う、と規定されている。少なくともヘブライ語ではそうだということくらい、日本の若者と外交官と政治家は知っておいた方がいい。

「流行としての世紀末」

447 一般に、実際に平和や人権のために働いている人は、決して多くを語らない。たとえば、ルワンダの難民の間で働いている看護婦さんのような人たちは、ほとんど人前で語ったりアピールをしたりしない。

戦争などというものは謝りきれるものでもなく、体験を伝える方途もない。私は戦争が終わった時、十三歳だった。自分が犯してもいない戦争の罪を謝ったりすることこそ無責任だと思っているから、謝ったこともないし、将来もその気はないが、日本が間違った道を取ったのなら、今後長い年月の間に、被害を与えた土地の人たちを幸福にするために働くことには深い意義を感じている。

それには、過去を回顧したり、署名運動をしたりするだけでは不十分だ。一番楽なことはせめてお金を出すことだ。それも、いささか自分にとっては辛いくらいの額がいい。さもなければ、不潔や、危険や、病気や、時には死の危険くらい承知で、現地に行って働くことである。語っていたって仕方がない。語らないよりいいじゃないか、と言うが、語らない方がずっとましだと思う。

人間は決して平和だけを希求する動物ではない。人間はあらゆることで、人を殺す。興味ででも、恐怖ででも、報復のためででも、人間の本性の中には、生み育てる本能と、殺す本能とがどちらも組みこまれているという実感を持つ。その現実を、貧しさや異文化の中に実際に見たことのない人だけが、平和は語り伝えられるし、それで解決が可能だと思う。

「流行としての世紀末」

448 戦争は、一部の人々、たとえば軍部が、自分たちの間違った欲望のために始めた悪であって、それは決して「私たち」はしないことだ、などという考え方ほど危険なものはない。日本人が戦争に走った背後には、それなりの理由があったのであり、それを止められなかった国民全体の責任でもあった。そして当時できなかったことは、今の人にも大体できないことなのである。

なぜなら、国民の考え方の平均は、常にそれほど変わりはしない。よく、長らく紛争の続いている地域での紛争のニュースがテレビで流されたあと、アナウンサーが、レポーターに、

「何か解決の方法はないんでしょうか」

などという文字通りの愚問を発していることがある。すると、状況をよく知っているレポーターなら、紛争は長らく続いていて、解決の糸口は見つけられないという現実を告げるのである。戦争の源泉となるエネルギーというものは、常にそういう状況から起きるのである。

だから本当の平和主義というものは、次のような問いに対して自分が答えられることだ、と私は若い時から考えたのである。それは、

「自分が殺されても、財産を奪われても、抵抗しないでいられるか」

ということであった。そのような時に、財産の保全は市民の権利だとか、殺されないように政府や国連は守るべきだ、というような答えで平和主義者たちは逃げている。しかしほんとうの平和的解決が、時には自分が無抵抗で殺されることだけだ、という場合はいくらでもあるのである。

平和を守ることは、歌を歌ったり、手を繋いだり、リボンを結んだり、ストをやったりすることとは、多くの場合ほとんど無関係である。その代わり、自分や家族の生命、財産をそのために捨てる覚悟があるか、という一言に尽きる。だからその覚悟もなく、平和のために自分が何かを失うのは、権利の侵害だ、などと思うような人は、まかり間違っても平和のために働きますとか、そうしなかった大人を恨みます、などという浅はかなことを言わないことなのである。

「悲しくて明るい場所」

449　平和というものは、すべてかりそめのものなのである。その平和が三日でも、三月でも、三年でも保ったなら、それは大したことだ、と言わなければならない。「恒久平和」とか「子々孫々の友好」などというものは、この世にないのである。

「夢に殉ず 上」

450　半導体は平和を維持する産業にも広く使われるし、破壊的な兵器にも使われる。一台のトラックは、難民輸送にも武器の輸送にも使われる。仮に日本が、武器にも使いうる半導体の生産や輸出を止めればどうなるか。それは、医療にも、通信にも、交通にも、経済にも、宇宙開発にも、決定的な支障を来すだろう。あらゆる庶民の生活を維持する日本の産業全体が、そのために壊滅する。私たちはそれを覚悟で平和を叫ぶことができるのかどうか。

手を汚さないでいられる人はいない。現代はそういう時代なのである。そのような屈折した現実を見ずに、子供でもないのに、自分は目下のところは無垢《むく》で、平和にだけ関与している、と思っていられるような単純な大人を作らないために、教育は行われるのである。私が辛うじて、清純でない自分を肯定できるのは、そのようなからくりを思う時だけである。

「二十一世紀への手紙」

451 対立もまた並列して可能であるということ。これはやはり、われわれから見て、ユダヤ人って、大人だと思うのです。日本人なんてあれかこれか、AかBか、どっちかなのだから。

「聖書の土地と人びと」

文明か自然か

452　私流に言うと、神は人間にどちらか一つだけ贈り物を選べと言われたような感じだ。自然か人工か、である。その両方を下さいというわけにはいかないらしい。

私は星のきれいな場所ばかりに行った。

一四八〇キロもの間、水のないサハラ砂漠の真ん中では、人工衛星は光りながら飛び交っていた。流星は十分に一度くらいの割で見えた。

インドの田舎。牛の糞《ふん》で作った家には、燈火もほとんどないから夜は星の独壇場《どくだんじょう》である。

マダガスカルの地方の町。ここでは、壮大な天の川が天空の真ん中に光の帯になってかかっていた。その先端が、暗い森にずどんと突き刺さっていた。

ここでは、すべてが自然なので、人々の生活には純白というものがなくなっていた。工業製品は高くてめったに手に入らない。石鹸も不足なので、人々は戦争中の日本のように灰汁《あく》で衣服を洗っているからである。

それにもかかわらず、白鷺《しらさぎ》だけは、夢のように白い。夕方日没の頃、完全な沈黙のうちに暮らす観想修道会のミサに与《あず》かっていると、遙かかなたの田圃《たんぼ》に白鷺が何十羽も連れ立って降りる。その白さだけがこの世のものとも思えないほど白い。無残な思いであった。なぜ人間だけが、貧しくて不潔で、痩せているのかと思った。この国では道端に咲くコスモスさえも、日本では見られないほど大きな花をつける。

旅行者には、星のきれいな町はいい。しかし住民にとっては必ずしもそうではない。星の美しい町を売り物にすれば、日本では観光客が来るかもしれない。しかしマダガスカルの貧しい町では、町はただ自然の中に放置されたままだ。

「狸の幸福」

453 文明が殺すことも自然が殺すこともある。そんな簡単な原則さえ、むしろ目をぱっちりと開けているとわからなくなって、文明が自然を脅かすのだ、という図式だけが定着するようになる。

「昼寝するお化け」

454　おばさんはよく言うんだけど、どうしてこうも貧しい国に限って、花も陽も風も星もけたはずれに美しく芳《かぐわ》しいんだろう、って。つまり自然が美しい、ってのは産業も未来もない、ってことらしいですよ。

「飼猫ボタ子の生活と意見」

455　日本では、割り箸を使うことが、自然破壊の象徴のように目の仇《かたき》にされているが、シンガポールでは屋台の食堂から、洗って使うドンブリと塗り箸を追放し、代わって発泡スチロールの器と割り箸が政令によって使うことを決められた。水をたくさん使ってよく洗わないと、これらの食器がヴィールス性肝炎の感染の経路になるのである。自然保護と、衛生と、どちらを取るか。この世には、こうすれば完全、というものはないのに、それがあるようなことを言う人がいるのは困ったことだと私は思う。

「狸の幸福」

456　アフリカは、発展途上国だと人は言う。しかしほんとうにそうなのだろうか、と私はシスターたちの朝の祈りの末席に座りながら考える。私に言わせれば、アフリカは今のまままで完結している。アフリカはその存在の形がいささか我々の社会とは違っているだけで完璧なのだ。だから助けないというのではない。しかし私たちの考えるような文明の姿はここではまったくそぐわない。　　　　「狸の幸福」

457　私は前夜からテレビをつけっぱなしで寝てしまったらしかった。朝、カナル・テレビという局が、砂漠の動物を映していた。コモドールという大きなトカゲが、羚羊《かもしか》を食う場面だった。しなやかな若い羚羊は、大トカゲに生きながら体の奥を食い千切られて、三声啼《な》いた。しかし彼は死という絶対の運命を目前に、脅えてもいなければ、慌ててもいなかった。

そうだ。人間をも含めて、動物というものは、原則としては、殺されて食われる運命に殉じて普通なのだ。それなのに、人間だけがそのルールを犯して、弱いものを助けようとしたりする。そこに無理が出るのだ。

どう無理が出るのか、私は考えられなかった。それほど深刻なことを考えながら、私は無責任にまた少しとろとろと眠ったのである。しかしその瞬間の思いは、どう考えても前日の、アフリカでは救える病人も救えないという、あの冷酷な無為の悲しさと無関係ではないように思えてならなかった。

「神さま、それをお望みですか」

458 文明と自然主義とは、ある点で、どうしても一致しない。私はいまだに自然愛好主義者という人たちのことがわからない。もし人が、清潔、安全、移動の素早さ、世界を動かす情報網の正確さ、エネルギーを好きな時に好きなだけ使う権利、近代的な病院で手当を受ける便利、などを要求すれば、どうしてもその背後に自然を押し退け、自然を変化させる行動が必要になって来る。私は明らかに自然愛好家ではない。インドでも伸び伸びと暮らし、日本では畑を作り花を育てることに夢中だけれど、それでも自然は汚いし、人間を苦しめる面もある、と感じている。自然と係わると手が汚れる。蚊やハエがいる。自然の水は基本的に汚染されている土地が多かったから、人類は下痢やマラリアや黄熱病やジストマとも闘わねばならなかった。

「狸の幸福」

459 ミサの途中にも、私の眼はしばしば祈りを放棄して、眼の前に広がる田園風景を眺めていた。視界一面に、溢れるほどの夕映えの茜《あかね》色が流れて来る。この甘さ、この透明、この絢爛《けんらん》さ、が、アフリカの慰めというものなのであった。人や動物を灼《や》くような真昼の炎暑も、濛々《もうもう》たる埃も、凄まじい蠅とダニも、人間の怠惰によって引き起こされるあらゆる悲劇も、呆気《あっけ》ない死も、不潔の臭気も、すべてが帳消しになってしまいそうな甘美なアフリカの夜と払暁《ふつぎょう》なのである。それは私がアフリカの麻薬、と秘かに呼んでいるものであった。この絢爛として澄んだ自然の表情を前にすると、人は思考停止に陥り昼間のあらゆる暴力的原始性さえ許してしまいそうになる。「神さま、それをお望みですか」

460 日本人と比べて、中国人民は、実質的には一度も社会主義を信奉したことがないのであろう。彼らは昔から皇帝という権威者に表向きは従う術を心得ていたから、今もその傾向は同じで党幹部にはよく従う。とにかく湖底に沈む村に住む百二十万人は少しも反抗せず、三峡ダムが環境破壊だと騒ぐような人民運動も、少なくとも旅行者には目立たない。そのようなスローガンも見たことがなかった。深刻な電力不足を解消するために、環境よりも「まず生きる道を選んだんですよ」とはっきり言った人もいた。正直な言葉だった。

一九七五年に初めて中国を訪問した私が感じたように、毛沢東はその時は秦の始皇帝とか漢の武帝とかいうような意味での毛帝であり、その時代は毛代と言ってよかった。それは少しも不自然ではない選択であった。中国では、為政者も人民も、そのような力関係に組み込まれることに慣れているのである。毛帝の時代に、有効な政治のスローガンとして使われたのが、社会主義だったということだろう。

だから個人の自由を圧迫するような統治理念は決して共産党独特のものではなく、むしろそれは中国の文化としての長い歴史と伝統を示したに過ぎない。それを誤解して日本の進歩的マスコミと文化人が、勝手に踊りを踊ったのだから、ご苦労さまなことであった。

私に土木の世界を教えてくれた先生たちは「太古から、川筋には、神がここにダムをかけよ、と命じているとしか思われない地点があるんですよ」と教えてくれたが、三峡ダムは神が命じたのか人間皇帝が命じたのか、はなはだ興味あるところである。

「近ごろ好きな言葉」

461　エネルギー問題はすべて折り合いでやって行くしかない。川にさえ手をつけなければ、それで解決する問題とはまったく違うからだ。
人間の多くの場合、いささかの悪いことをしなければ、生きていけない。動物の肉を食したり、卵をとったりもする。菜食主義になればいいというものではない。菜食でも植物の命を取り、他人と食物を争うことも実に多い。第一生きること自体が、間違いなく地球の空気と水を汚すのである。

自らの存在について廻るこうした部分に眼を瞑《つぶ》って、川をいじらないことだけが人間の良心の証《あかし》のように言うマスコミのいい子ぶりは、もううんざりという感じである。

「週刊ポスト　96／10／11」

462　私はふと、戦後の日本の繁栄の秘密は、日本の家にあるのではないかと思った。このヴェネツィアの、数百年の歴史を持つ家々は、壊そうたって簡単に壊せるものではない。

この町が海に沈んで行くということがなければ、その家自身、あるいは家の内部に、その何百年かに蓄積された富を持っていると考えられる。

それと比べて、日本の木と紙、あるいは新建材と呼ばれるもので、二、三十年に一度建て換えることを前提にして造られた家は、何ら力の貯えがないと言われる。しかしそうではない。

このヴェネツィアを見ていると――ローマにしてもフィレンツェにしても同じことだが――人間はとうてい過去から脱し切れない、歴史が人々を捉えて、新しいことをなさしめない、という実感がしみじみ胸にしみて来る。この町は、とにかく重い。今にも沈みそうに重い。

「讃美する旅人」

援助は冷静さと意志によって持続する

463　その背後に遠く、人間の心の深奥に、やはり人生に対する共通の悲しみと愛がなければ、援助は方向を見失うだろう。しかしその愛はセンチメンタルでおきれいごとの世界に成り立つものではなく、冷静さと意志によって持続するものだ。聖書的な表現をすると、アガペーと呼ばれる理性の愛の上にのみ成り立つ論理である。だから、援助する相手が感謝の念に欠けようが、狡《ずる》かろうが、そんなことはもう織り込み済みなのである。

「狸の幸福」

464　三十年の年月がそろそろその責任を植民地主義のせいにするには長くなって来たと言うべきであろう。アフリカは一切の責任を自分で負う時が来ている。

植民地主義は確かに明瞭に人の心を冒すものであった。それに現代の我々には、植民地などというものを、引き受ける心理そのものがわからなくなって来ている。

誰が他民族の運命を引き受けられよう。手助けはいくらでもするが、その運命の責任を負うなどということは恐ろしくてできるものではない。

アフリカの問題を明瞭にさせないのは、植民地主義を道義的に裁くあまり、独立後のアフリカ諸国の多くが建国に失敗しているという現実さえ口にできなくなっていることだ。植民地主義も悪かったが、アフリカの多くの国は、今日までのところだが、独立にも失敗したのである。


「大説でなく小説」

465　私たちは相手がいい人だから、助けるのではない。悪い人でも、救わなければならない。それには、冷静な判断も、それをなし遂げるための技術もいる。援助は、必ず物資や金が漏れないようにする監視機能と抱き合わせておこなわなければならない。そのためには監視方法の確立、監視人の養成が、先進国の急務だと思う。

「大説でなく小説」

466 食糧援助というのは輸血と同じだから、決して長続きしない。してもしなくても、早晩同じ運命を辿《たど》る。必要なのは増血機能を高めるために当たる技術援助で、それはどれだけでも協力するべきなのだが、即効性を期待するわけにはいかない。
日本が援助大国になることに、私は基本的には反対ではないのだが、「他人の金」を出すのは易しい。大変なのは後でそれがどのように使われたかを厳密にフォローすることだろう。

「狸の幸福」

467 日本では正しいことの反対は間違いである、というのが常識になっている。しかし聖書では葡萄《ぶどう》畑の労働者という箇所で、正しいことの反対もまた正しい、という話を載せている。言い方を換えれば、正しくないことの反対もまた正しくないこともあるのだ。難民を受け入れなくてもよくないし、受け入れてもよくない、という状態に私たちはどう対処するのか。一度私たちはこの辺で、決定的に自分のヒューマニズムに対して自信を喪失した方がいいと思う。

「大説でなく小説」

468　そもそも貧困という実態に対しては、いかなる言葉も慎みを欠くものになるばかりだった。「貧困を学ぶ」といえば、当然「学んでわかるものか」ということになり、「貧困を見る」といえば「見るとは何ごとか。それ以上の失礼はないだろう」ということになる。貧困は、自分が貧困にならない限り決してわからないものであり、かつ貧困について発言する権利もない、という非難の言葉も用意されている。
　しかしそうなると、日本人には一人も世界共通の貧困を解明する資格のある人はいなくなる。日本で生活するいかなる不運な人でも、世界的なレベルの貧困に陥っている人は、一人もいないからである。

「神さま、それをお望みですか」

469　日本では、援助を受けた国が援助をした国にたぶん感謝するだろう、と考えている。別に感謝を期待するわけでも、強要するわけでもないが、自然にそういう気持ちになるだろう、と考えるのである。しかし、感謝するどころか、援助をする国には疚《やま》しいところがあるから金やものを出すのであって、そういう一種の告白がある以上、難民の側は、罰として相手からもっと取ってやってもいいんだ、という論理がごく普通にあるという事実である。この論理と原則は、最近の一連の戦争責任の事後処理にも必ず適用されるに違いないのである。

「神さま、それをお望みですか」

470——何にも執着することはないのである。悪事に執着してもいけないが、良いとされていることにさえも執着することはない。実際にできることではなかったろうが、海外邦人宣教者活動援助後援会を法人になどしなくてほんとうによかった。それでこそ、消えるべき時には跡形もなく消えられる。その日までは、生き生きとした活動を明確に続ける。それが原則である。この世では、原則だけでは、本来の命を失うが、一方で原則を失うと姿勢を正す骨も失うことになる。

「神さま、それをお望みですか」

どこかにあることは、すべてどこにでもある

471 世の中には必ずいい麦と毒麦が混じって生えているものなのである。毒麦のない社会がもしあったら理想的だと思うかもしれないが、実はそうではない。理由は簡単で、人間は良きことからも学ぶが、反面で悪いことからも多く学ぶからである。両者が混じって生えている状態が、実は現世で考えられる、最も健全な社会というものらしい。もちろんその比率が問題だ。もし毒麦がほとんどで、食用の麦の方が極めて少ないという状況になったら、人間の心も病むだろう。しかし今の日本のように、ひ弱な良い麦が多くて、毒麦は少ない、というような状態はむしろ理想の社会といえるかもしれない。

「近ごろ好きな言葉」

472　私は相手に向かって、「謝れ」というほどみじめで虚しいことはない、と思っている。自分から謝ろうとしない人に、謝れと言い、相手に形だけ謝ってもらってもみじめさが増すだけだ。それだけでなく、そこには多くの場合、むしろ無言の反感や侮辱が残る。謝ることを要求した人は、人を謝らせることで、自分の心を救おうとする、何か別の理由があるのである。だから、私の理想は次のような形を取る。

自分が犯した悪事に限り、人から謝れと言われた時には、おおらかな心で、できるだけ相手が幸せな気持ちになれるように、誠実を尽くして謝れる人になること。

しかし自分から人に謝れと要求するような人にだけはならないこと。「大説でなく小説」

473　どこの国の現実を見ても、ストライキほど、国力を消耗させ、結果的に市民の生活をますます貧困に追い込むものはない。「狸の幸福」

474　どんな年にも、暗澹《あんたん》たる事件は同じようにある。それが身近に起きた人だけ、そのことを大きく感じている。事件はしかし世紀末だけに起きるわけではない。世紀末を煽《あお》るマスコミは、詐欺師的な社会の破壊に荷担している。

「流行としての世紀末」

475　制度が変われば人間も変わる、などというが、極限か極限に近い程度に境遇が変われば人間も性格が変わるだろうが、外的な制度の普通程度の改革では、人間の性格や行動にはほとんど変化はないものである。

極限というのは、拘禁されたり、極度の飢餓に襲われたり、反対に庶民が王の暮しをすることになったり、持ちつけない巨大な富を持ったりするような場合である。戦争などで国民皆がパラノイヤ（集団発狂）になった時とか、社会主義国家に見られた恐怖政治の圧力でむりやりに変えさせられた場合とか、社会主義が終焉《しゅうえん》して市民が自由社会にほうり出されたような時代とかに、人ががらりと変わるように見えることはあるが、それとて、心から変わったわけではない。表面だけ権力者にへつらって変わったように見せかけていただけか、もともとの地がこの際現れたかだけである。人間自体は、自分の病気とか、愛する人を失うとか、すばらしい本に出会うとかいうような私的な理由以外の、外的な状況で変わることは、ほとんど有り得ないのである。

制度改革は所詮は包装を変えただけ、ということだろう。

「流行としての世紀末」

476 モザンビークの国土は、十六年間の内戦で荒れ果てている。彼らが帰ることになる故国には、実に六百万個の、地雷が埋められているというのだ！ 私はモザンビークの何種類もの地雷の生産国がどことどこだかを特定できない。しかし武器を作って売る国家というものは、いかなる美辞麗句を口にしようと、平和を口にする資格のない殺人者だろう。ロシアも、アメリカも、中国も、フランスも、その意味では国家の品性そのものが卑しい国である。

「神さま、それをお望みですか」

477 私は個人の信仰の自由は大切にしたいが、宗教団体が政党を持つということは、オウム真理教が武器を持つのと同じくらい、非宗教的であり、不気味なことだ、と思っている。閣僚が、靖国神社に参拝する時の、わずかな玉串料の出どころでさえ政教分離の原則で問題にするなら、宗教団体の政党がもし第一党になった時のことはもちろん、政治的党を作ることの是非も、政教分離の原則に合っているかどうか考えるべきだろう。

また宗教団体や労働組合が、指令を出して、そこに属する人びとが同じ立候補者に投票するように統制を取ることは、明らかな選挙違反だと思う。信者も組合員も、最後の土壇《どたん》場《ば》で、自由に好きな人に投票すればいいのに、おかしなくらい律儀に言われた人に投票するらしい。

「流行としての世紀末」

478　今の東欧はまさにかつての日本と同じであった！　東欧、ソ連のみならず、北朝鮮でも、中国でも、社会主義の圧政の中で、人間が人間らしくあることなどできるはずはない、と私は思い続けて来たが、とにかく東欧の人たちも、ほとんど一朝にして、日本人並みに変わったのである。あらゆることは、どこにでも、誰にでも起きるものなのだ！

資本主義社会の資本家は特権階級と思われているが、社会主義国における党幹部は、もっと大きな権力を持っている。

資本主義社会でも汚職をし賄賂《わいろ》を取るが、社会主義社会においては、時にはもっと大きな富の集中化が行われる。

日本ではやくざが「進歩的」と言われる人を刺すと、「言論の弾圧」と言われるが、社会主義体制の中では、はるかに強力な言論・思想の弾圧と統制と処罰と大量の粛清《しゅくせい》が行われる。

資本主義では貧富の差が激しいと言うが、社会主義国では、党幹部が秘密裡にいい別荘や上等の車や大きな家を、待つことなく手に入れられる。外国にも自由に行ける。

乞食は日本にはいないが、社会主義国では眼につく。アル中は日本にもアメリカにもいるが、ポーランドなどでは田舎のハイウェイの上を雨に濡れて歩いたり、納屋の外で雨に濡れたまま寝たりしている。

ありがたいことだ、どこかにあることは、すべてどこにでもある、と私は考えられた。それでこそ、私たちは国や民族の立場を超えて、話し合うことが可能だと思えるのではないか。

日本人だけが一朝にして変わる特異な存在でないことを、東欧は証明してくれたのである。

「狸の幸福」

出典著作一覧（順不同）

【小説・フィクション】

『燃えさかる薪』　中央公論新社（中公文庫）
『讃美する旅人』　新潮社（新潮文庫）
『極北の光』　新潮社（新潮文庫）
『ブリューゲルの家族』　光文社（光文社文庫）
『夢に殉ず　上』　朝日新聞社（朝日文芸文庫）
『夢に殉ず　下』　朝日新聞社（朝日文芸文庫）
『飼い猫ボタ子の生活と意見』　河出書房新社（河出文庫）
『中吊り小説』　競作集　新潮社（新潮文庫）
『天上の青　上下』　毎日新聞社（新潮文庫）
『一枚の写真』　光文社（光文社文庫）

『七色の海』 講談社（講談社文庫）

【エッセイ・ノンフィクション】

『悲しくて明るい場所』 光文社（光文社文庫）
『ほんとうの話』 新潮社（新潮文庫）
『狸の幸福』 新潮社（新潮文庫）
『神さま、それをお望みですか』 文藝春秋（文春文庫）
『悪と不純の楽しさ』 ＰＨＰ研究所（ＰＨＰ文庫）
『二十一世紀への手紙』 集英社（集英社文庫）
『流行としての世紀末』 小学館
『近ごろ好きな言葉』 新潮社
『昼寝するお化け』 小学館
『夜明けの新聞の匂い』 新潮社（新潮文庫）

『親子、別あり』　往復書簡　ＰＨＰ研究所（ＰＨＰ文庫）
『大声小声』　対談集　講談社
『誰のために愛するか』　青春出版社（角川文庫）（文春文庫）
『ギリシアの英雄たち』　共著　講談社（講談社文庫）
『日本人の心と家』　共著　読売新聞社
『夫婦、この不思議な関係』　ＰＨＰ研究所（ＰＨＰ文庫）
『別れの日まで』　往復書簡　講談社（新潮文庫）
『ギリシアの神々』　共著　講談社（講談社文庫）
『心に迫るパウロの言葉』　聖母の騎士社（新装版・海竜社／新潮文庫）
『愛と許しを知る人びと』　海竜社（新潮文庫）
『バァバちゃんの土地』　毎日新聞社（新潮文庫）
『私を変えた聖書の言葉』　講談社（講談社文庫）
『聖書の中の友情論』　読売新聞社（新潮文庫）
『聖書の土地と人びと』　共著　新潮社
『大説ではなく小説』　ＰＨＰ研究所

『私の中の聖書』 青春出版社（集英社文庫）
『人々の中の私』 いんなぁとりっぷ社（集英社文庫）
『贈られた眼の記憶』 朝日新聞社（朝日文庫）

【雑誌】

『週刊ポスト』 連載「昼寝するお化け」

本書は、一九九七年二月、海竜社より単行本・『運命をたのしむ　幸福の鍵478』として発行された作品を文庫化したものである。

一〇〇字書評

切り取り線

購買動機（新聞、雑誌名を記入するか、あるいは○をつけてください）

□（　　　　　　　　）の広告を見て	
□（　　　　　　　　）の書評を見て	
□ 知人のすすめで	□ タイトルに惹かれて
□ カバーがよかったから	□ 内容が面白そうだから
□ 好きな作家だから	□ 好きな分野の本だから

●最近、最も感銘を受けた作品名をお書きください

●あなたのお好きな作家名をお書きください

●その他、ご要望がありましたらお書きください

住所	〒				
氏名		職業		年齢	
新刊情報等のパソコンメール配信を 希望する・しない	Eメール	※携帯には配信できません			

あなたにお願い

この本の感想を、編集部までお寄せいただけたらありがたく存じます。今後の企画の参考にさせていただきます。Eメールでも結構です。

いただいた「一〇〇字書評」は、新聞・雑誌等に紹介させていただくことがあります。その場合はお礼として特製図書カードを差し上げます。

前ページの原稿用紙に書評をお書きの上、切り取り、左記までお送り下さい。宛先の住所は不要です。

なお、ご記入いただいたお名前、ご住所等は、書評紹介の事前了解、謝礼のお届けのためだけに利用し、そのほかの目的のために利用することはありません。

〒一〇一-八七〇一
祥伝社黄金文庫編集長　吉田浩行
☎〇三（三二六五）二〇八四
ohgon@shodensha.co.jp

祥伝社ホームページの「ブックレビュー」からも、書けるようになりました。
http://www.shodensha.co.jp/bookreview/

祥伝社黄金文庫

運命《うんめい》をたのしむ　幸福《こうふく》の鍵《かぎ》478

平成13年4月20日　初版第1刷発行
平成23年4月30日　　　第3刷発行

著　者　曽野綾子《そのあやこ》
発行者　竹内和芳
発行所　祥伝社《しょうでんしゃ》
〒101－8701
東京都千代田区神田神保町3－6－5九段尚学ビル
電話　03（3265）2084（編集部）
電話　03（3265）2081（販売部）
電話　03（3265）3622（業務部）
http://www.shodensha.co.jp/

印刷所　堀内印刷
製本所　ナショナル製本

Printed in Japan　©2001, Ayako Sono　ISBN978-4-396-31247-3 C0195

祥伝社黄金文庫

曽野綾子　完本　戒老録《かいろうろく》

この長寿社会で老年が守るべき一切を自己に問いかけ、すべての世代に提言する。晩年への心の指針！

曽野綾子　「いい人」をやめると楽になる

縛られない、失望しない、傷つかない、重荷にならない、疲れない〈つきあい方〉。「いい人」をやめる知恵。

斎藤茂太　いくつになっても「輝いている人」の共通点

今日から変われる、ちょっとした工夫と技術。それで健康・快食快眠・笑顔・ボケ知らず！

斎藤茂太　絶対に「自分の非」を認めない困った人たち

「聞いてません」と言い訳、「私のせいじゃない」と開き直る「すみません」が言えない人とのつき合い方。

三浦敬三　100歳、元気の秘密

冒険家三浦雄一郎の父は、100歳・現役スキーヤー。いくつからでも始められる、〝健康生活術〟大公開！

岡田桃子　神社若奥日記

新妻が見た、神社内の笑いと驚きのドキュメント。二千年続く神社に嫁入りした若奥様の神社〝裏〟日記！